rowohlt
rotfuchs

Mit Illustrationen
von Barbara Korthues

Hannes Klug

Viktor und der Wolf

Rowohlt
Taschenbuch Verlag

Originalausgabe
Veröffentlicht im Rowohlt Taschenbuch Verlag,
Reinbek bei Hamburg, Juni 2016

Lektorat Christiane Steen
Einband- und Innenillustrationen Barbara Korthues
Einbandgestaltung any.way, Barbara Hanke & Cordula Schmidt,
nach einem Entwurf von Barbara Korthues
Satz Adobe Garamond, PostScript, InDesign, bei
Dörlemann Satz, Lemförde
Druck und Bindung CPI books GmbH,
Leck, Germany
ISBN 978 3 499 21746 3

Für Audrey

1.
Flucht

Der Sturm kam am Abend. Der Himmel krachte und leuchtete giftgrün, Regen überschwemmte das Gras und den Asphalt. Der Wind tobte, bog die Bäume zur Seite und zerrte das Laub aus ihren Kronen. Äste brachen und flogen umher, landeten in Gärten und auf Autodächern.

Die alte Rotbuche war zu schwach, um dem Druck standzuhalten. Sie knirschte, knackte, und zuerst schien es, als wollte sie in der Mitte auseinanderbrechen. Doch dann rissen die Wurzeln, die den Baum in der Erde festhielten, und hoben sich wie in Zeitlupe aus dem Boden. Mit seinem ganzen Gewicht schlug der Stamm auf den Gitterzaun. Das Metall quietschte und verbog sich unter der Last. Zwischen all den herumfliegenden Trümmern kümmerte sich niemand um einen einzelnen umgefallenen Baum.

Niemand außer dem Wolf.

Er wartete, bis der Himmel sich beruhigte. Ängstlich kauerte er im dunkelsten Winkel seiner Höhle, und erst, als alles still war, wagte er sich heraus. Er hob die Nase und schnupperte die frische, vom Regen gereinigte Luft.

Er blickte sich um: Der umgestürzte Baum lag mitten in seinem Gehege. Er hatte das Gitter umgeknickt und an einer Stelle fast zu Boden gedrückt.

Der Wolf schnüffelte an der nassen Rinde. Er setzte die erste Pfote auf das Holz, dann die zweite, und schließlich zog er die Hinterbeine mit einem mühelosen Satz nach. Er

reckte den Hals. Von seiner erhöhten Position blickte er über den Garten mit den Blumenbeeten, die Garage und das Haus, das nun nicht mehr durch die Gitterstäbe verstellt war. Die Wolken verzogen sich. Die Dunkelheit, die sich über die Stadt legte, war schon die Stille der Nacht.

Vorsichtig stieg der Wolf über den liegenden Baumstamm und sprang auf der anderen Seite des Zauns ins nasse Gras. Ein Glücksgefühl stieg in ihm auf. Er machte einen Schritt, dann noch einen und dann noch einen.

Er horchte. In der Ferne hörte er das Brummen von Autos. Ein Fenster klapperte, Stimmen und Schritte von

Menschen waren einige Häuser weit entfernt. Ein Windstoß traf sein Gesicht. Wassertropfen fielen von den Blättern eines Nussbaums, der den Sturm überstanden hatte.

Der Wolf schüttelte einmal kurz den Kopf und dann den ganzen Körper. Das Wasser spritzte in alle Richtungen davon, als schüttelte er sein ganzes bisheriges Leben mit einer einzigen, entschlossenen Geste ab.

Wieder kehrte das Glücksgefühl zurück, und diesmal war es mit einer Aufforderung verbunden: Weg hier, nur weg!

Er überquerte die gepflasterte Einfahrt. Das Gartentürchen neben dem großen Eisentor war so niedrig, dass er problemlos darüberspringen konnte. Dann lief er los.

Sein Gang war leicht, fast, als würde er schweben. Wie ein Schatten glitt er durch die Straßen. Er spürte die Weite, die ihn umgab. Eine Welt ohne Gitter und voller Möglichkeiten. Er spürte sie in jedem Muskel, jeder Sehne, jedem Haar seines Körpers. Eine neue, unbändige Energie. Mit jedem Atemzug sog er sie ein. Es war das Leben selbst, das jetzt durch seine Adern strömte.

Der Wolf war frei.

2.
Bahnhof

«Wo willst du hin, Viktor?»

«Raus.»

«Kannst du mal etwas genauer sein?»

«Weiß nicht, raus halt.»

«Aber nicht auf den alten Güterbahnhof!»

Ohne sich noch mal umzudrehen, zog Viktor die Wohnungstür hinter sich zu. Sie wohnten im zweiten Stock eines Mietshauses. Er nahm zwei Stufen auf einmal, eine Hand auf dem Geländer. Mit einem weiten Satz landete er auf der Fußmatte, die noch ein wenig weiterrutschte. Draußen vor dem Haus schloss er sein Fahrrad vom Laternenpfahl ab.

Viktor und seine Mutter waren vor etwas mehr als zwei Jahren in die Bahnhofstraße gezogen. Von einem Tag auf den nächsten hatte sich alles geändert. Sein Vater hatte kurz nach Viktors neuntem Geburtstag mit seinem Motorrad einen Unfall gehabt. Jemand rief an. Es war um 15 Uhr 19. Viktor wusste es genau, weil er zufällig auf die Uhr geschaut hatte, als das Telefon läutete. Als hätte er geahnt, dass sich in diesem Moment etwas für immer verändern würde. Als der Anrufer wieder auflegte, behielt seine Mutter das Telefon in der Hand, während sie Viktor davon erzählte. Dass etwas passiert war.

Mittlerweile dachte Viktor zwar nicht mehr ständig an seinen Vater – irgendwann hatte er verstanden, dass er nicht mehr zurückkam. Aber das bleierne Gefühl, das er in sich trug, hatte sich trotzdem ausgebreitet und war immer größer geworden. Seit jenem Anruf fühlte er sich, als hätte ihn jemand aus der Welt gestoßen. Etwas Unbekanntes war in Viktors Leben getreten und hatte sich darin eingenistet wie ein Parasit.

Viktor wusste nicht, wohin mit diesem Gefühl. Statt mit seinen Freunden wollte er lieber allein sein, und irgendwann riefen sie nicht mehr an und kamen auch nicht mehr vorbei. Wenn die anderen Kinder sich in der Schule unterhielten, stand er daneben und wusste nicht, was er sagen sollte. Er fühlte sich irgendwie abgetrennt vom Rest der Welt, wie ein Fisch hinter der Scheibe eines Aquariums. Wenn er allein war, ging es ihm besser.

Sie zogen aus der schönen Wohnung aus, die auf einmal zu teuer und zu groß und voller Erinnerungen war. Seine Mutter wollte neu anfangen. Am besten in der Nähe des Hauptbahnhofs. Sie war in einer Bahnhofsgegend aufgewachsen und war irgendwie süchtig danach, selbst wenn die Stadt eine ganz andere war. Es war das Einzige, was sie in ihrer vorherigen Wohnung vermisst hatte. Sie brauchte Bahnhöfe wie andere den Hafen oder das Meer.

Hinter dem Hauptbahnhof gab es einen alten Güterbahnhof. Er war schon lange stillgelegt und voller Geheimnisse. Hier konnte Viktor ungestört spielen.

3.
Wolf

Zuerst sah Viktor nur einen Schatten. Er nahm ihn aus dem Augenwinkel wahr, und als er sich umdrehte, war er schon wieder verschwunden. Hatte er sich getäuscht? Vielleicht war nur eine Wolke vorübergezogen. Trotzdem kam es Viktor so vor, als wäre er nicht allein auf dem alten Güterbahnhof.

Er war neugierig, welche Schäden das Unwetter hier angerichtet hatte. Der Sturm hatte in der Stadt und am Fluss eine Menge Bäume umgerissen. Doch bis auf ein paar heruntergefallene Äste schien auf dem Gelände alles wie vorher. Viktor war beinahe enttäuscht. Vielleicht lag es an der Böschung, die wie ein Schutzwall war und die Autobahn begrenzte, die hinter dem Grundstück vorbeiführte.

Viktor trat gegen einen Kieselstein, der gegen ein herumliegendes Metallfass knallte. Es antwortete mit einem hohlen Dröhnen. Der alte Güterbahnhof war sein Abenteuerspielplatz. Er fand die Verladehallen spannend, die stillgelegten Kräne, die wie müde Ungetüme auf drehbaren Sockeln saßen, und die Rangiergleise, die in der Form von großen, liegenden Sternen angeordnet waren. Er warf Steine in Fensterhöhlen oder kletterte in die Schüttgruben, die im Gelände lagen wie leere Schwimmbecken. Nach dem kräftigen Regen hatte sich darin knöcheltief Wasser gesammelt. Früher hatten die Güterzüge ihre Kohlefracht dort hineingekippt. Viktor mochte den Geruch von Erde,

nassem Beton und Unkraut, das überall wuchs und sich die Landschaft zurückeroberte.

Es gab Ruinen, die eingestürzt waren, und andere Gebäude, auf deren Dächern man sitzen und den Verkehr auf der Autobahn beobachten konnte. Mehrmals hatte ihn seine Mutter gewarnt, dass die baufälligen Häuser gefährlich waren. Aber es gefiel ihm einfach, dort oben zu sitzen und in die Ferne zu sehen. Manchmal legte er sich auf den Rücken und beobachtete Flugzeuge, die ihre weißen Kondensstreifen am Himmel hinterließen, bis sie am Horizont verschwanden.

Er beobachtete Vögel, suchte unten im Gras nach Käfern oder in Tümpeln nach Fröschen und Salamandern. Das Grundstück war über einen Kilometer lang, und er konnte ganze Tage hier verbringen. Er ging stillgelegte Gleise entlang, auf denen er mit großen Schritten von Schwelle zu Schwelle voranschritt. Er sammelte Steine, Schnecken und Regenwürmer, und wenn er einen Baum sah, der ihm gefiel, kletterte er geschickt hinauf.

Die niedrig stehende Sonne schien gerade noch über die Häuser. Viktor schlug mit einem Ast, den er aufgesammelt hatte, gegen Brennnesseln. Die Stämme eines Birkenwäldchens leuchteten orange im Abendlicht. Es war Ende Mai, und die Tage wurden länger.

Und da sah er ihn.

Viktor wusste sofort, dass es ein Wolf war. Er war so groß wie ein Schäferhund, aber schlanker und mit längeren Beinen. Sein Fell war grau und braun, mit einer weißen Kehle und mit einem rötlichen Schimmer an den Wangen, den die Sonne verstärkte. Er hatte eine lange, schmale Schnauze und Augen, die Viktor überrascht anblickten. Unbeweglich stand er zwischen dem Birkenwäldchen und dem Rammbock am Ende der Gleise – nur sechs oder sieben Meter von Viktor entfernt. Wo war er hergekommen?

Der Wolf musterte Viktor aus sicherer Entfernung, ruhig und auch ein wenig fragend. Seine Ohren waren aufmerksam abgestellt. Er schien jung und uralt zugleich: jung, weil er neugierig herüberschaute, und uralt, weil er aus einer anderen, früheren Zeit herausgefallen schien und hier, mitten in der Gegenwart, gelandet. Entsprungen aus einem Märchenbuch und wiederaufgetaucht auf dem ausgedienten Bahnhofsgelände.

Für Viktor stand die Welt still. Er hätte hinterher unmöglich sagen können, wie lange dieser Moment gedauert hatte, doch er kam ihm vor wie eine Ewigkeit. Viktor stand allein einem wilden Raubtier gegenüber! Stark und majestätisch sah es aus und unglaublich schön.

Er spürte die Anwesenheit des Wolfes im ganzen Körper. Als ob Strom durch seine Nerven floss. Seine Hände kribbelten, und auf den Armen und dem ganzen Rücken bekam er Gänsehaut. Er hatte das Gefühl, dass der Wolf in ihn hineinsah, als schaute er direkt in seine Seele. Beinahe ein wenig unheimlich.

Und dann, genauso plötzlich, wie er vor ihm gestanden hatte, drehte der Wolf sich weg, machte ein paar federnde Schritte und verschwand zwischen den Büschen.

«Ein Wolf? Bist du sicher?»

«Wenn ich es doch sage!»

«Na, da ist wohl die Phantasie ein bisschen mit dir

durchgegangen.» Seine Mutter lächelte ihn an. Viktor merkte, dass sie ihn gar nicht ernst nahm.

«Nein, es war bestimmt ein Wolf!»

«Hier gibt es keine Wölfe», antwortete sie. «Und erst recht nicht in der Stadt.»

«Vielleicht hat er sich verirrt.»

«Außerdem habe ich dir tausend Mal gesagt, du sollst nicht auf den Güterbahnhof. Merkst du dir das bitte für die Zukunft?»

Er zog einen Mundwinkel hoch, und sie fügte fragend hinzu: «Vielleicht war es ein Schäferhund?»

«Nein. Sein Fell war viel zu kurz.»

«Oder ein Husky oder Collie oder irgendein Mischlingshund, der so ähnlich aussah wie ein Wolf.»

«Es war kein Hund, es war ein Wolf!», rief Viktor. Langsam wurde er wütend.

«Von mir aus», seufzte seine Mutter und gab ihm einen Kuss. Sie roch frisch, nach Shampoo und Creme. Sie duschte sich immer gleich, wenn sie von der Arbeit nach Hause kam.

Viktor lag später noch lange wach. Mit klopfendem Herzen dachte er an seine Begegnung. Immer wieder rief er sich vor Augen, wie der Wolf ihn angeschaut hatte. War es vielleicht wirklich nur ein Hund gewesen? Hatte er sich nur etwas eingeredet? Aber dagegen sprach das Gefühl, das diese Begegnung in ihm ausgelöst hatte. Als hätte er einen Stromschlag abgekriegt. Ein Hund hätte doch nie eine solche Reaktion in ihm hervorgerufen. Oder?

Andererseits hatte er überhaupt keine Angst gehabt. Es war ihm vorgekommen, als ob er diesem Tier vertrauen konnte. Als verstünden sie einander ohne Worte. Also war es vielleicht doch ein Hund?

Vielleicht spinne ich, dachte er schließlich. Dann drehte er sich auf die Seite und schlief ein.

4.
Hunger

Der Wolf kauerte im Schutz eines dichten Strauchs. Er fixierte seine Beute. Ein Kaninchen knabberte am Rasen. Es war nicht allein. Eine ganze Gruppe hatte sich über die Wiese verteilt. In losen Abständen hockten sie da, und manchmal hoppelten sie ein Stückchen weiter.

Der Wolf hatte sich das Kaninchen ausgesucht, das am nächsten saß und daher am leichtesten zu fangen sein musste. Es war noch klein, ein Junges. Das Kaninchen sah hoch, stellte die langen Ohren auf, blickte mit runden schwarzen Augen nervös um sich und bemerkte doch nicht den tödlichen Feind, der wenige Meter entfernt im Gebüsch lauerte.

Der Wolf verharrte ganz still, verfolgte jede Bewegung seines Opfers und wartete auf den richtigen Moment, um loszuschlagen. Seine Muskeln zuckten. Lautlos duckte er sich noch ein paar Millimeter tiefer, bereit zum Sprung. Vielleicht streifte er dabei ein Blatt, oder der Wind trug seinen Geruch hinüber – jedenfalls sah das Kaninchen alarmiert in seine Richtung. Kurzentschlossen schoss der Wolf aus seinem Versteck. Die Gruppe auf dem Rasen stob auseinander.

Der Wolf hatte nur sein Ziel im Blick. Noch zwei, drei Sätze, und er hätte das flüchtende Tier zwischen den Kiefern. Doch urplötzlich schlug es eine andere Richtung ein. Er versuchte ihm nachzusetzen, doch es war viel wendiger als er. Es schlug den nächsten Haken und dann den nächsten. In einem geschickten Manöver schnitt der Wolf ihm den Weg ab. Wie ein Pfeil flog er auf sein Beutetier zu. Doch im letzten Moment wich das Kaninchen zur Seite aus. Die Zähne des Wolfs schnappten mit einem hohlen Krachen ins Leere. Verdutzt hielt er inne. Der Abstand wuchs, und als das Kaninchen im Gebüsch verschwand, blickte er sich ratlos um. Der Rasen war wie leergefegt.

Der Wolf hatte Hunger. Es war bereits die zweite Nacht nach dem Sturm, und er hatte immer noch nichts gefressen. Seine Nase folgte den Spuren von Mäusen, Eichhörnchen oder Amseln – er stellte allem nach, was er finden konnte. Wenn er ein Tier sah, das als Beute in Frage kam, schlich er sich an, doch bevor er überhaupt in dessen Nähe war, verschwand es in einem Loch in der Erde, in einem Spalt unter dem Bürgersteig oder flatterte auf und stieß aus der Luft einen hämischen Schrei aus, der ihn zu verspotten schien. Er stellte sich so hilflos an wie ein Welpe, der die ersten tapsigen Schritte unternahm und sich einbildete, er könnte so ein Beutetier erlegen. Der Wolf war selbst am meisten erstaunt über seine Misserfolge. Offenbar wusste er nicht, wie man richtig jagte.

Die vergeblichen Versuche ärgerten ihn, der Hunger nahm zu, und nach jedem misslungenen Angriff wurde er ungeduldiger. Licht und Lärm, die Hektik von Stimmen und Motoren regten ihn auf. Alles kam ihm zu nahe. Seine Nerven lagen blank. An jede Ecke hatte ein Hund gepinkelt. Zu Beginn strengte er sich an, die Markierungen mit seinem eigenen Geruch zu bedecken. Doch auch das ließ sich schon bald nicht mehr bewältigen. Überall waren

Menschen. Mehr als einmal duckte er sich im letzten Moment unter ein geparktes Auto.

Einige Vögel flatterten vorbei und verschwanden hinter den nächsten Dächern. Er folgte ihnen. Er kam an eine Straßenkreuzung, sah sich um und entschied sich für die Abzweigung, die ein bisschen dunkler und schmaler war. Er roch den Wald, dessen Geruch von feuchten Nadeln ihn anzog. Irgendwann stieß er auf ein verrostetes Gleis, das nicht mehr benutzt wurde. Es führte ihn auf ein Gelände mit verfallenen Gebäuden, alten Güterwaggons und wuchernden Sträuchern.

Der Wald war nun nahe, doch er lag auf der anderen Seite der Autobahn, die unüberwindlich schien. Lange stand er im Schutz der Böschung, versuchte mehrmals, die Fahrbahn zu überqueren, doch jedes Mal rasten Autos vorbei. Es war unmöglich, auf die andere Seite zu gelangen. Als er schließlich umkehrte, stand er plötzlich einem Menschenjungen gegenüber, den er zuvor überhaupt nicht bemerkt hatte. Kurz sahen sich beide überrascht an. Der Wolf beschloss, die Nacht auf dem Freigelände zu verbringen. Hier war es ruhig, mit Ausnahme dieses Jungen, der schon bald verschwunden war.

5.
Schule

Bis zum Morgen blieben die Bemühungen des Wolfs, etwas zu fressen zu finden, vergeblich. Doch je länger er jagte, desto mehr lernte er dazu. Mit jedem Versuch wurden seine Bewegungen geschmeidiger, sein Kalkül genauer. Und dann, endlich, war es so weit.

Eine Taube badete im frühlingshaften Morgenlicht in einer Pfütze. Immer wieder tauchte sie ihren Kopf ein und spritzte dabei übermütig mit Wasser herum. Als der Wolf auf sie zusprang, schlug sie hektisch mit den Flügeln. Sie flatterte kurz auf, doch ihre Federn waren nass und schwer, und es gelang ihr nicht mehr, rechtzeitig davonzufliegen.

Mit spitzen Zähnen schnappte er zu. Es gab ein Knacken, als das feine Skelett unter dem Druck seiner Kiefer zersplitterte. Sofort spürte er eine große Befriedigung. Er merkte, wie das Leben aus dem kleinen Körper wich und das Herz darin, das eben noch wild geschlagen hatte, zum Stillstand kam. Er legte das schlaffe Bündel neben die Pfütze. Wassertropfen versickerten in den Poren des Betons. Ein winziger roter Fleck breitete sich aus.

Der Wolf roch noch einmal an dem reglosen Federbüschel, hob es mit seinem Maul hoch und trug es hinter die nächste Mauer, wo er ungestört war. Der Geschmack des warmen Bluts füllte seinen Mund. Er verschlang den Vogel mit allen Knochen und Federn. Aber satt wurde er davon nicht.

In den nächsten Tagen konnte Viktor an nichts anderes denken als an den Wolf. In der Schule konnte er sich nur noch schwer konzentrieren. Es störte ihn nicht mehr, dass seine Mutter ihm nicht glaubte – vielleicht war es sogar besser so. Immer wieder stellte er sich dieselbe Frage: Wo war der Wolf jetzt?

An diesem Tag fing Viktors Ärger in der Schule damit an, dass Ronnie ihm keine Kartoffelchips abgeben wollte, obwohl er sie an alle anderen verteilte.

«He, das sind meine Chips, kapiert?», sagte er, als Viktor sich auch einen nehmen wollte.

Tom tippte Ronnie an und grinste. Ronnie verstand sofort und hielt Tom die Packung hin. Der stopfte sich einen Chip in den Mund und schmatzte: «Lecker.»

Ronnie schüttelte die rote Tüte in Jessicas Richtung: «Jessie, willst du Chips?» Auch Jessica griff zu.

Viktor fühlte eine große Wut in sich aufsteigen. Mit einer schnellen Bewegung schnappte er sich die Chips-Packung, warf sie auf den Boden und trat mit den Füßen darauf herum, bis der gesamte Inhalt zu Staub zerkrümelt war. Ronnie stürzte sich auf ihn, und als ihr Klassenlehrer Herr Bührer hereinkam, wälzten sich beide auf dem Boden. Die anderen standen drum herum und feuerten sie an.

Als Herr Bührer erfuhr, was passiert war, schüttelte er den Kopf.

«Was ist bloß los mit dir?», fragte er Viktor. Viktor fühlte sich ungerecht behandelt. Er fühlte sich verkehrt, als wäre er irgendwann in den falschen Bus gestiegen und hätte es erst an der Endstation bemerkt. Er wusste nur eines: Die blöden Chips waren ihm eigentlich total egal.

Den Rest der Stunde hörte Viktor nicht mehr zu, und als Herr Bührer ihn aufrief, hatte er keine Ahnung, worum es gerade ging. «Oje, Viktor», sagte der Lehrer nur. Ronnie machte einen Witz, und alle lachten.

Auf einmal schoss das Bild des Wolfs in Viktors Kopf und wie er ihn angesehen hatte. Über das ganze Durcheinander hatte er ihn tatsächlich kurz vergessen. Wenn er an den Wolf dachte, fühlte Viktor sich besser.

Er atmete tief ein.

War der Wolf vielleicht aus seinem Rudel verstoßen worden? Hatte er sich verletzt? Wenn er gerade jetzt über den Güterbahnhof streifte? Wenn Viktor ihn verpasste? Er sollte jetzt dort sein, entschied er. Dort und nirgendwo anders!

Ungeduldig wartete er darauf, dass die Schulstunde zu Ende ging. Eigentlich hatte er noch drei weitere Stunden. Doch so lange hielt Viktor es nicht mehr aus. Beim ersten Klingelton schnappte er seine Schultasche. Er lief die Treppen hinab wie immer, zwei Stufen auf einmal, nahm die letzten vier mit einem weiten Satz, lief über den Schulhof zu seinem Rad und trat in die Pedale. Im höchsten Gang jagte er die Straße entlang. Nach der stickigen Luft des Klassenzimmers genoss er den Wind in seinem Gesicht. Er fühlte sich wie befreit.

Auf dem Bahnhofsgelände bezog er auf einem löchrigen Dach Posten und wartete darauf, dass der Wolf wiederauftauchen würde. Doch die Stunden vergingen, und nichts geschah.

Wahrscheinlich roch der Wolf ihn schon von weitem und zeigte sich erst gar nicht. Viktor streckte die Beine aus und legte sich auf den Bauch. Nichts passierte. Er stand auf. Vergeblich suchten seine Augen den Horizont ab. Es war zum Verrücktwerden!

Schließlich hielt er es nicht mehr aus. Er kletterte vom Dach, ging umher, suchte überall nach dem Wolf und lief das ganze Gelände ab, kreuz und quer, von vorne bis hinten. Manchmal rief er: «Wo bist du bloß, du Streuner?!» Oder: «Komm her, Streuner! Na los, zeig dich!»

Dann entdeckte er im Lehm neben einer Pfütze eine Spur. Es war der Abdruck einer Pfote, breiter als seine Hand, mit vier ovalen Vertiefungen und deutlich erkennbaren Krallen. Ein paar flauschige Federn klebten daneben im Schlamm. Auf dem Boden sah Viktor einen winzigen Blutfleck.

6.
Gift

Die Ratte war leicht zu fangen gewesen. Zu leicht. Sie kroch langsam an einem schmalen Wassergraben entlang, als wäre ihr Körper zu schwer für ihre dünnen Beinchen. Der Wolf sah sofort, dass sie ihm nicht entkommen konnte.

Sie verströmte einen seltsamen, fast bitteren Geruch, doch er war zu hungrig, um sich davon abschrecken zu lassen. Statt sich umständlich anzuschleichen, trabte er einfach auf seine Beute zu. Die Ratte versuchte gar nicht erst zu fliehen. Er packte sie am Genick, um ihren scharfen Nagezähnen zu entkommen, biss sie tot und verschlang sie hastig.

Bald darauf spürte der Wolf eine starke Übelkeit. Er beugte die Vorderbeine, dass seine Schulterblätter spitz aus dem Rücken ragten, streckte das Kinn nach vorne und würgte das schlechte Fressen wieder hervor. Die Ratte hatte Gift gefressen, und es war in seinen Körper gelangt. Wäre er weniger hungrig gewesen und wären seine Instinkte geübter gewesen, hätte er vielleicht auf die Warnsignale geachtet, die ihr bitterer Geruch in ihm ausgelöst hatte.

Er folgte wieder dem rostigen Gleis und suchte nach einem Platz, um sich zu erholen. Ein Platz, der wie eine Höhle war, geschützt und still. Nachdem er die Ratte erbrochen hatte, war es ihm für kurze Zeit besser gegangen, doch jetzt stieg das elende Gefühl wieder in ihm auf. Als er schließlich einen kleinen, ummauerten Bau erreichte, zu dem ein paar Stufen hinaufführten, verkroch er sich in eine Ecke, legte den Kopf auf den kühlen Boden und atmete in kurzen, hechelnden Zügen.

Die Tür des Bahnwärterhäuschens war herausgebrochen, und im Dach fehlten ein paar Ziegel, sodass Viktor den Himmel sehen konnte. Wohl deshalb hatte er den Blick gehoben, und als er ihn wieder senkte, lag direkt vor ihm der Wolf und sah ihn feindselig an.

Der Wolf begann zu knurren, aber er blieb liegen, und Viktor wurde schnell klar, dass er verletzt oder krank sein musste. Viktor bewegte nur seine Pupillen. Licht fiel in Flecken durch die Löcher im Dach. Er ging in die Hocke, damit er das Tier nicht noch mehr erschreckte.

«Hallo, Streuner», flüsterte er. Der Wolf blinzelte.

In Zeitlupe beugte Viktor sich nach vorn und streckte dem Tier eine Hand entgegen. Doch das war schon zu viel. Das Knurren schwoll bedrohlich an. Der Wolf streckte die Vorderbeine durch, legte die Ohren flach an den Kopf und seine Mähne sträubte sich. Seine Nase legte sich in Falten, und seine Lippen zogen sich von den weißen Fangzähnen zurück, bis darüber das Zahnfleisch zu sehen war. Seine Augen waren wie heiße Lava. Als würden sie gleich ein Loch in Viktor brennen.

Viktor unterdrückte den Reflex, einfach davonzulaufen.

«Ruhig, Streuner», sagte er stattdessen.

Er drehte die Handfläche nach oben, damit Streuner sehen konnte, dass er darin nichts verbarg. Doch der Wolf ließ sich davon nicht überzeugen. Das Knurren schwoll zu einem furchteinflößenden Grollen an.

Unauffällig tastete Viktors andere Hand nach einer Waffe, mit der er sich verteidigen konnte, falls der Wolf ihn angriff. Hinter der Mauer fand er ein kantiges Stück Holz. Als er beim Versuch, es zu greifen, ein wenig zur Seite wich, nahm das Grollen sofort ab. Schlagartig wurde Viktor klar, dass er die Tür blockierte und dem Wolf dadurch den einzigen Fluchtweg versperrte. Langsam zog er sich hinter die Mauer zurück. Der Wolf behielt ihn im Blick, doch das Knurren ließ nach.

«Keine Sorge, Streuner», sagte Viktor beruhigend. «Ich bin doch dein Freund. Versprochen.»

Erschöpft legte der Wolf sich wieder hin. Er erinnerte sich an den Geruch des Jungen. Er war ihm neulich schon einmal begegnet, hier auf dem Bahngelände. Einen Geruch, den er einmal aufgenommen hatte, vergaß er nie wieder.

Der Junge war ein Zweibeiner, aber etwas an ihm war anders als an denen, die er bisher kennengelernt hatte. Seine Stimme klang freundlich. Als er hinter die Tür auswich, wusste der Wolf, dass er ihm nichts tun würde.

Für einen Kampf war der Wolf sowieso zu schwach. Seine Kraft reichte gerade noch für eine halbherzige Drohgebärde.

7.
Wasser

Am Morgen holte Viktor eine Blechschüssel unter der Spüle in der Küche hervor und steckte sie in seine Schultasche. Eine große Plastikflasche, die er ebenfalls mitnahm, würde er später mit Wasser füllen. Wenn man krank war, sollte man viel trinken, das wusste Viktor von seiner Mutter. Ob Streuner heute noch da war?

«He, Kubinski! Wo warst du denn gestern so plötzlich?» Ronnie kam im Klassenzimmer auf ihn zu. Kubinski war Viktors Nachname.

«Nirgends, wieso?»

«Bührer hat sich gewundert», erklärte Ronnie.

«Na und?», antwortete Viktor.

Ronnie sah ihn mit wichtiger Miene an und schubste ihn dabei: «Nee, im Ernst. Sag mal, wieso hattest du es denn so eilig?»

«Wieso nicht?», fragte Viktor zurück.

«Bührer hat uns gefragt, wo du so dringend hinmusst», sagte Jessica, die sich mit Tom zu ihnen gestellt hatte.

«Und, was habt ihr gesagt?»

Tom machte ein Geräusch, als säße er auf dem Klo.

«Nee, im Ernst», sagte Ronnie wieder. «Wir wollen wissen, wo du warst.» Er trat mit dem Fuß gegen die Schultasche, die Viktor neben dem Tisch abgestellt hatte. Die Tasche klappte auf, und die silberne Blechschüssel glitzerte im Licht.

«Was haben wir da denn?», fragte Ronnie.

«Das geht euch gar nichts an!», rief Viktor und klappte seine Tasche wieder zu.

Dann kam Herr Bührer herein, und der Unterricht begann.

Nach der Schule fand Viktor Streuner wieder an seinem Platz. Nichts schien sich verändert zu haben. Der Wolf sah immer noch krank aus.

Vorsichtig setzte Viktor die Schüssel außerhalb der Tür auf den Boden. Er schob sie ein paar Zentimeter über den schmalen Spalt zwischen den Betonplatten in Streuners Richtung. Das Tier folgte aufmerksam jeder seiner Bewegungen.

Dann goss Viktor Wasser in die Schüssel. Er trat ein paar Schritte zurück. Der Wolf betrachtete ihn nachdenklich, als versuchte er sich zu entscheiden, ob er das Angebot annehmen sollte oder nicht. Dann machte er ein paar Schritte auf die Schüssel zu und trank das Wasser gierig aus.

Plötzlich stellten sich seine Ohren auf. Er wandte den Kopf, und Viktor folgte seinem Blick: Ronnie und Tom kamen über das Bahngelände. Sie mussten ihm gefolgt sein!

Viktor erschrak. Schnell ging er auf sie zu. Er hoffte, sie rechtzeitig abzulenken, bevor sie Streuner sahen.

«Warst schon wieder so schnell weg», sagte Ronnie und grinste. «Willst du keine Gesellschaft?»

«Heilige Scheiße!», rief Tom plötzlich und deutete mit ausgestrecktem Arm auf den Eingang des Bahnhäuschens. Der Wolf stand mit breiten Schultern in der Tür. «Was ist das denn?!»

«Keine Ahnung», log Viktor.

Tom machte ein paar Schritte auf das Tier zu. Sofort drang ein bedrohliches Knurren zu ihnen herüber.

«Das ist ein Wolf!», rief Ronnie. «Die sind gefährlich!»

«Quatsch», wiegelte Viktor ab. «Das ist nur ein Husky. Oder ein Collie. Irgendeine Mischung.»

«Und ob das einer ist!», sagte Ronnie mit fester Stimme, die keinen Widerspruch duldete.

«Und wennschon.» Viktor zuckte die Schultern und bemühte sich, gelangweilt zu klingen. Er hoffte, dass die beiden ihn dann in Ruhe lassen würden. Ihn und Streuner. Doch das Gegenteil war der Fall.

«Und wenn der uns angreift?», fragte Tom.

«Das macht der nicht», erwiderte Viktor. «Solange wir ihn in Ruhe lassen.»

«Bist du jetzt Experte, oder was?», fragte Ronnie.

«Er ist krank, glaube ich», erläuterte Viktor.

Tom drehte sich zu Ronnie: «Hast du gewusst, dass es hier Wölfe gibt?»

«Nee», erwiderte der. «Muss ich gleich meinem Vater sagen.» Ronnies Vater war Polizist.

«Ihr dürft keinem davon erzählen, kapiert?!», rief Viktor erschrocken.

Jetzt hatte er doch Angst. Nicht um sich, sondern um den Wolf.

8.
Polizei

Die Sonne war noch nicht über den Horizont geklettert. Nur in den obersten Wipfeln der Bäume und an der Spitze der Schornsteine war ein rötlicher Streifen zu sehen. Eine Kolonne Polizeitransporter kroch über eine stillgelegte Rampe auf den alten Güterbahnhof. Die klobigen Busse schwankten auf dem unebenen Gelände wie Schiffe, fächerten sich auf und bildeten einen Halbkreis um das verfallene Wärterhäuschen. Ihre Scheinwerfer leuchteten.

Das Wasser, das der Junge ihm gebracht hatte, hatte dem Wolf gutgetan. Die Flüssigkeit hatte das Gift aus seinem Körper gespült. Aber er war immer noch schwach.

Die Dieselmotoren tuckerten. Graue Abgaswolken stiegen auf. Die Türen im Heck der Transporter öffneten sich, und aus jedem sprangen Polizisten in gepolsterter Schutzkleidung. Sie trugen Schlagstöcke und hatten die Hände an ihre Waffen gelegt. Einige von ihnen führten Hunde an Leinen. Langsam rückten alle gemeinsam vorwärts, sodass sich der Kreis immer mehr schloss.

Der Wolf beobachtete den Einsatz aus seinem Versteck. Die Polizisten schnitten ihm jeden Fluchtweg ab. Er saß in der Falle. Verängstigt zog er sich in eine Ecke zurück, und je enger der Kreis sich um ihn schloss, desto mehr drückte er sich im hintersten Winkel gegen die Wand.

Er roch die Auspuffgase der Motoren, die Anstrengung der Männer, die in ihrer Schutzkleidung schwitzten, und

den Staub, den ihre Schritte aufwirbelten. Er roch den Eifer der Hunde, die seine Witterung aufgenommen hatten und an den Leinen zerrten.

Regungslos beobachtete er die Türöffnung.

Als die Polizisten das Haus umstellt hatten, vibrierte auf einmal der Boden, als kündigte sich ein Erdbeben an: Ein rostiger Transporter rumpelte in hohem Tempo über das Gelände. Er zog eine Staubfahne hinter sich her und fiel bei der halsbrecherischen Fahrt beinahe auseinander. Die Polizisten drehten die Köpfe. Der Wagen hielt, und eine junge Frau in weißem Kittel und mit kurzen, dunklen Locken sprang heraus.

«Wir fangen ihn lebend ein!», rief die Frau den Polizisten zu.

«Kommt nicht in Frage», blaffte der Einsatzleiter und ging mit gewichtigen Schritten auf sie zu. «Wer sind Sie überhaupt?»

Die Schiebetür glitt quietschend zur Seite, und ein bärtiger Mann in einem blauen Overall begann damit, ein großes Netz auszurollen. Ein junges Mädchen in einem grünen Kapuzenpulli half ihm dabei.

«Ich bringe das Tier zur Beobachtung», sagte die Frau, die sich als Amtstierärztin Dr. Jana Langer vorstellte.

«Und ich habe vor, das Biest unschädlich zu machen!» Der Polizist baute sich vor der deutlich kleineren Tierärztin auf. «Mit dem ist nicht zu spaßen. Je schneller wir ihn aus dem Verkehr ziehen, umso besser.»

«Soso», erwiderte die Tierärztin. «Dann lesen Sie sich aber vorher bitte das hier durch!» Sie zeigte eine amtliche Anordnung vor, in der stand, dass der Wolf eingefangen und in ein Gehege gebracht werden sollte. «Sie wissen sicher», erklärte sie, «dass Wölfe streng geschützt sind. Solange niemand direkt gefährdet ist, ist es eine Straftat, sie zu töten. Bis zu fünf Jahre Gefängnis!»

«Der Wolf hat meinen Sohn angegriffen! Womöglich hat er Tollwut!», schimpfte der Polizist, der sich als Ronnies Vater entpuppte.

«Das können wir später immer noch klären», erwiderte die Ärztin, «und ob das Tier wirklich Tollwut hat, testen wir lieber, bevor wir es erschießen, und nicht hinterher.»

Nachdem der Einsatzleiter das Dokument mit dem Amtssiegel durchgelesen hatte, reichte er es an die Ärztin zurück. Kleinlaut gab er seinen Beamten den Befehl abzuwarten, während die Tierärztin und ihre beiden ungewöhnlichen Helfer vor dem Eingang ein stabiles Fangnetz aufspannten.

«Wenn alles gutgeht, werden wir das gar nicht brauchen», sagte die Frau, als es in Position gebracht war.

Sie nahm ein Blasrohr aus einer Ledertasche, in das sie einen kleinen Pfeil schob. Der Mann im Overall und das Mädchen im grünen Pulli lehnten möglichst geräuschlos eine Leiter an die Rückwand des Gebäudes. Vorsichtig kletterte Jana Langer die Sprossen hinauf. Am Fenster angekommen, setzte sie das Blasrohr an den Mund.

Als der Wolf die Tierärztin im Fenster erblickte, wich er knurrend zurück. Seine hochgezogenen Lefzen gaben den Blick auf sein Gebiss frei.

Mit einem kräftigen Stoß blies die Ärztin in das Rohr. Einen Moment später steckte der Narkosepfeil in der Flanke des Wolfes.

Bevor der Wolf etwas dagegen unternehmen konnte, verschwamm die Welt vor seinen Augen. Dann wurde er müde, und nach weniger als einer Minute war er bewusstlos.

9.
Tierheim

Es war Donnerstag, und wie jeden Donnerstag hatte Viktor erst zur zweiten Stunde Unterricht. Er wollte die Zeit davor nutzen, um dem Wolf frisches Wasser zu bringen. Doch das Wärterhäuschen war leer. Die silberne Schüssel lag umgeworfen in der Ecke. Das Gras ringsum war zertrampelt, und in der Erde sah Viktor Reifenspuren und Profilabdrücke von schweren Schuhen. Streuner war verschwunden. Was war passiert?

In der Schule gab Ronnie gleich zu, dass er seinem Vater von dem Wolf auf dem Bahnhofsgelände erzählt hatte. «Na und?», meinte er. «Ich habe dir doch gesagt, die sind gefährlich.» Er war richtig stolz darauf.

Tom grinste. Er legte zwei Finger aneinander und imitierte den Schuss aus einer Pistole.

«Und wo ist er jetzt?», fragte Viktor. Er musste sich zusammenreißen, damit ihm nicht die Tränen in die Augen stiegen.

«Keine Ahnung», sagte Ronnie. «Irgendwo verbuddelt.»

Doch so leicht ließ sich Viktor nicht entmutigen. Vielleicht hatte man den Wolf nicht getötet, sondern nur eingefangen. Auf dem Bahngelände hatte er keine Blutspuren entdeckt. Er nutzte die große Pause, um im Computerraum der Schule die Adresse des Tierheims herauszufinden.

In dem Raum hatte ausgerechnet Herr Bührer Aufsicht und sah ihm neugierig über die Schulter.

«Sag mir Bescheid, wenn ich dir irgendwie helfen kann», bot er an.

«Es geht schon, danke», antwortete Viktor ausweichend.

Er druckte sich die Wegbeschreibung aus. Als er mit der Karte in der Hand den Raum verließ, spürte er im Rücken die Blicke von Herrn Bührer.

Das Tierheim lag mitten in einem Industriegebiet. Die Straßen hier waren breit und voller Löcher. Radwege gab es keine, und mehrmals musste Viktor aufpassen, dass sein Vorderrad sich nicht in Schienen verfing, die schräg über die Kreuzungen liefen. Als er das Eingangstor erreichte, hörte er Hunde bellen.

Drinnen sah er zunächst niemanden, bis er an einer offen stehenden Tür vorbeikam. Eine stämmige Frau mit roten Haaren wühlte in einem unaufgeräumten Büro in Papieren. Rauch hing im Zimmer, im Aschenbecher auf dem Schreibtisch qualmte eine Zigarette.

«Entschuldigung …», sagte Viktor.

«Was gibt's?», fragte sie, ohne hochzusehen.

Viktor zögerte. Auf einmal kam er sich dumm vor.

«Na los, raus mit der Sprache», forderte die Frau ihn auf. «Ich habe 150 Mäuler zu stopfen. Und immer dieser Papierkram, zum Verzweifeln. Also, Hund oder Katze?»

«Ich suche einen Wolf», antwortete Viktor leise.

Jetzt erst sah die Frau herüber und musterte ihn. Dann stemmte sie die Hände in die Hüften. Ihr Gesicht war bleich, und ihre Stirn glänzte im Neonlicht. Auf der Brust trug sie eine Brosche in Form einer Blume, die einen gehäkelten Umhang zusammenhielt.

«Ist er hier?», setzte Viktor hoffnungsvoll nach.

«Ja, klar», antwortete die Frau trocken.

«Kann ich ihn sehen?», fragte er ungeduldig und wollte sich schon in Richtung des Gangs drehen, der zu den Tierkäfigen führte.

«Wölfe, Bären, Tiger – hereinspaziert, liebe Leute, haben wir alles da!», rief die Frau, während sie mit dem Arm wie ein Zirkusdompteur einen großen Kreis beschrieb. Sie ließ den Arm sinken. «Wundern würde mich gar nichts mehr. Aber nein, mein Lieber, tut mir leid. Wir haben keinen Wolf, und wir werden auch keinen kriegen.»

Viktor spürte, wie ihn der Mut wieder verließ.

«Okay, dann …», sagte er, um weitere Worte verlegen. «Entschuldigen Sie bitte.»

«Entschuldigen brauchst du dich nicht, dafür bin ich ja da. Du bist schon der Zweite, der mich heute nach einem Wolf fragt. Dabei würde man so ein wildes Tier niemals in ein Tierheim bringen.»

«Wieso nicht?», wollte Viktor wissen.

«Wie gesagt, weil Wölfe wilde Tiere sind. Oder kannst du dir einen Löwen in einem Tierheim vorstellen?»

«Und wo würde man ihn dann hinbringen?», fragte Viktor.

«Keine Ahnung, ich nehme an, in …» – sie überlegte – «in den Wald. Und jetzt Schluss damit, ich muss hier weitermachen. Raus findest du ja sicher alleine.»

Und damit war Viktors Mission im Tierheim beendet.

Am Abend saß Viktor geknickt in der Küche, während seine Mutter sein Lieblingsessen kochte. Sie nannte es Koláscha – ein altes ukrainisches Rezept von Viktors Oma. Dazu formte sie Stangen aus Maisgrieß, briet sie mit Schmalz in der Pfanne und servierte sie mit saurer Sahne. Normalerweise konnte Viktor davon nicht genug bekommen.

«Du und dein Wolf», sagte seine Mutter. «Aber nicht, dass du ihn hier noch anbringst! So wie deine Würmer und Schnecken.»

«Quatsch», sagte Viktor. «Ist doch ein wildes Tier.»

«Wenn es ein wildes Tier ist, dann frag doch mal im Wildpark nach.»

Viktor erinnerte sich an Ausflüge mit der Grundschule, die sie in den Wildpark unternommen hatten. Ein paarmal hatte er ihn auch mit seinen Eltern besucht, als sein Vater noch dabei war. Er dachte an die Mufflon-Schafe und Zwergziegen, auch an Waschbären und Landschildkröten, an Eulen, Wollschweine und das Sumatra-Huhn. Am besten fand er den Luchs, aber der versteckte sich oft, und nur einmal hatte Viktor einen Blick auf seine Pinselohren erhascht. Einen Wolf konnte er sich dort beim besten Willen nicht vorstellen. Wo sollte es dort überhaupt Platz für ihn geben?

Während die Pfanne brutzelte, schaute Viktor auf dem Laptop im Internet nach. Der «Naturwildpark Königsgarten» war bis sechs Uhr geöffnet. Viktor schaute zur Küchenuhr. Es war Viertel vor. Er suchte die Nummer heraus und stellte das Telefon auf laut, damit seine Mutter mithören konnte.

«Wölfe gibt es hier nicht», sagte die Frau am anderen Ende, sobald er seine Frage gestellt hatte. Für Viktor klang es beinahe, als hätte sie den Satz auswendig gelernt. Zumindest klang sie nicht so, als ob die Frage sie überraschte. Das fand auch seine Mutter. Aber vielleicht täuschten sie sich. Es war kurz vor Feierabend, und wahrscheinlich wollte sie einfach nur fertig werden.

Seine Mutter stellte die Pfanne auf den Tisch.

Viktor dachte erst, er hätte keinen Hunger. Aber als ihm der köstliche Geruch in die Nase stieg, häufte er sich den Teller voll.

10.
Ronnie

«Hier, Viktor, sieh dir das mal an!»

Viktors Mutter hielt ihrem Sohn am nächsten Morgen beim Frühstück die Zeitung hin: *Wilder Wolf auf Bahnhofsgelände entdeckt* stand in großen Buchstaben auf der ersten Seite des Lokalteils. Daneben war das Foto eines Wolfs abgebildet, doch es war nicht Streuner, das erkannte Viktor sofort. Es war irgendein anderer Wolf, mit breiterem Kopf und gröberer Zeichnung auf dem Fell.

Viktor beugte sich mit seiner Mutter über den Artikel. Im Text stand, der Wolf wäre lebend eingefangen worden. Viktor war erleichtert.

«Er soll wahrscheinlich über die Autobahn aus dem Wald gekommen sein», sagte seine Mutter. Sie war schneller im Lesen als er.

«Woher wissen die das?», fragte Viktor.

«Steht da.» Seine Mutter begann, die Stelle vorzulesen, doch Viktor unterbrach sie.

«Steht da auch, wo sie ihn hingebracht haben?»

«Hier steht, er ist in Quarantäne, aber wo, sagen sie nicht.»

«Was heißt Quarantäne?», fragte Viktor.

«Das heißt, er wird isoliert, um zu sehen, ob er vielleicht eine ansteckende Krankheit hat.»

Viktor nickte nachdenklich.

«Dann hast du mit deinem Wolf ja doch recht gehabt»,

sagte seine Mutter und strich ihm über den Kopf. «Tut mir leid, dass ich dir nicht geglaubt habe.»

Viktor schluckte. Er konnte an nichts anderes denken als an den Wolf, den er Streuner getauft hatte und der jetzt irgendwo allein eingesperrt war.

In der Pause stand Ronnie von einer Gruppe von Schülern umringt auf dem Hof und erzählte mit großen Gesten: «Da kommt der Wolf auf mich zu! Seine Augen glühen, und ich denke, gleich springt er mir an die Gurgel. Ich gehe rückwärts, ganz langsam. Plötzlich stolpere ich …» Ronnie spielte vor, wie er beinahe hinfiel. Daneben stand Tom auf einem Bein, das andere hatte er wie eine Liane darum geschlungen. Er hielt die Arme verschränkt und den Blick gesenkt. Auch Jessica hörte gespannt zu.

«Im letzten Moment kann ich mich fangen. Der Wolf duckt sich zum Sprung. Da sehe ich, dass neben mir eine Eisenstange auf dem Boden liegt. Total verrostet, aber egal. Ich bücke mich, vorsichtig, ohne die Bestie auch nur einen Moment aus den Augen zu lassen. Meine Finger schließen sich. Stabil. Ein altes Rohr. Ich schwinge es hin und her …»

«Das ist doch völliger Quatsch!», unterbrach Viktor Ronnies Erzählung. «Warum erzählst du nicht, wie es wirklich war?»

«Halt's Maul! Du störst!», rief Ronnie. Er wandte sich wieder an die Umstehenden und redete weiter: «Jedenfalls, der Wolf starrt mich an. Auf einmal …»

Wieder rief Viktor dazwischen: «Du lügst!»

«Was willst du?», fragte Ronnie genervt. Es war nicht zu übersehen, dass er immer verärgerter wurde.

Alle starrten jetzt Viktor an. Jessica rief: «Lass ihn ausreden, Viktor!»

«Aber der Wolf war ganz krank», sagte Viktor. «Er hat dich nicht angegriffen, dafür war er viel zu schwach. Ich habe ihm Wasser gebracht, und ich habe ihn dir überhaupt erst gezeigt. Dir und Tom. Warum sagt ihr nicht die Wahrheit?»

«Selber Lügner!», rief Ronnie und machte einen drohenden Schritt auf Viktor zu.

«Sag doch du wenigstens, wie es wirklich war!», wandte sich Viktor an Tom. «Streuner hat überhaupt niemanden angegriffen. Er war mindestens zwanzig Meter weit weg. Er hat nur hergeschaut.»

«Streuner?» Ronnie fing künstlich an zu kichern. «Wer soll das denn sein? Tom, kennst du jemanden, der *Streuner* heißt?»

«Nie gehört», erwiderte Tom. «Ist jedenfalls ein voll bescheuerter Name.»

«Ich habe ihn eben so genannt, weil er dort herumgestreunt ist. Ich habe gar nicht darüber nachgedacht», sagte Viktor.

«Du brauchst dich dafür überhaupt nicht zu rechtfertigen», kam Jessica Viktor unerwartet zu Hilfe. «Und außerdem ist das ein ganz normaler Name.» Doch damit war sie noch nicht zufrieden: «Viktor hat dich was gefragt, Tom!» Sie wollte nun auch die Wahrheit erfahren.

Tom sah sich unsicher um. Sein Bein schlang sich noch enger um das andere, und seine Schultern wanderten zu den Ohren. Die anderen sahen ihn erwartungsvoll an.

«Stimmt das, was Viktor sagt?», hakte Jessica nach.

Jetzt war Tom in der Zwickmühle. Er zuckte mit verschränkten Armen die Schultern, als wäre damit alles gesagt. Doch so einfach ließ Viktor ihn nicht davonkommen: «Du hast ihre Frage nicht beantwortet!»

«Na ja, vielleicht war es etwas übertrieben», gab Tom leise zu.

«Ist doch egal!», rief Ronnie. «Er hätte mich angreifen können. Wölfe sind brutal und unberechenbar!»

«Sind sie überhaupt nicht!», widersprach Viktor. «Sie sind scheu, und sie weichen Menschen aus, weil sie wissen, dass wir ihre Feinde sind.»

Erst später wunderte er sich, woher er auf einmal den Mut gehabt hatte, so offen gegen Ronnie und Tom die Stimme zu erheben.

11.
Gefangen

Seine Beine wollten den Wolf noch nicht tragen. Immer wieder versuchte er aufzustehen, doch seine Hinterläufe knickten ein, und er fiel wieder auf die Seite. Langsam erwachte er aus seiner Betäubung. Er hatte Durst. Er trank viel Wasser. Und allmählich kehrte auch sein Hunger zurück.

In den ersten Wochen nach der Geburt sind Wölfe noch blind. Doch sobald sich ihre Augen öffnen, erwachen auch ihre Sinne. Sie wagen sich aus der Höhle hinaus ins Freie und lernen, die tausend Gerüche des Waldes zu unterscheiden. Sie bilden ihre Sinne aus, deuten jedes noch so winzige Geräusch, jedes Rascheln und jeden Lufthauch. Mit ihren Geschwistern tollen sie herum und begreifen nach und nach die Regeln der Gemeinschaft. Von ihren Eltern erfahren sie, welche Tiere als Beute taugen und wie man sich lautlos an sie anschleicht. Im Rudel üben sie, wie man Fährten auch über weite Entfernung verfolgt und wie man große Tiere wie Wildschweine oder Hirsche gemeinsam jagt. Ihre Aufmerksamkeit schärft sich, ihr Körper gewinnt an Zähigkeit. Sie werden zu vollkommenen Jägern, perfekt geschaffen für das Überleben in der Wildnis.

Nichts davon galt für Streuner. Er war in Gefangenschaft groß geworden. Allein in seinem Käfig konnte er sich nicht mit seinen Artgenossen messen oder von ihnen lernen. Seine Neugier ging ins Leere. Seine Instinkte lagen brach.

Seinen Mut konnte er nicht erproben. Es gab keine Herausforderungen und keine Widerstände. Seine Aufmerksamkeit verkümmerte, denn alles, was er lernte, war, geduldig zu warten, bis er gefüttert wurde.

Streuner fraß ohne die Befriedigung einer erfolgreichen Jagd, und er schlief ohne die Erschöpfung eines anstrengenden Tages. Statt sich im Schlaf zu erholen, war sein Geist unruhig. Er vermisste die Wärme der Eltern, den Geruch seiner Geschwister und den Schutz des Rudels. Albträume plagten ihn. Es kam vor, dass er im Schlaf unwillkürlich knurrte oder die Lefzen zurückzog, als wollte er einem eingebildeten Gegner Angst einjagen oder gleich die Kehle durchbeißen. Wenn er mit Schrecken erwachte, hatte er manchmal den Geruch von Tabak und saurem Schweiß in der Nase.

Die Tage in Gefangenschaft waren lang und die Nächte länger. Manchmal war ihm, als ob er erstickte. Alles war Stillstand. Selbst die Jahreszeiten brachten keine Abwechslung. Im Sommer war er einsam, und es war warm, und im Winter war er einsam, und es war kalt. Wie oft hatte er versucht, sich unter dem Zaun, hinter dem er fast ein Jahr lang eingesperrt war, hindurchzugraben. Doch der Sockel war zu tief im Untergrund versenkt. Mit seinen Zähnen, denen kaum etwas widerstand, hatte er versucht, das Metallgitter zu zerbeißen, bis seine Gaumen wund waren und seine Kiefer schmerzten.

Dann kam das zweite Frühjahr in seinem Leben. Die Sonne stieg, die Welt wurde grün, Knospen brachen auf, und Blüten strahlten in fast vergessenen Farben. Vögel sangen, der Geruch von jungen Trieben erfüllte die Luft. Die warme Brise, die durch die Bäume zog, kündete von neuen Anfängen. Der Drang nach Leben, den er in seinen ersten Wochen gespürt hatte, kehrte zu Streuner zurück. Seine Sehnsucht nach Freiheit wurde unermesslich. Dann kam der Sturm. Ein Baum fiel auf sein Gehege, und sein größter Wunsch wurde Wirklichkeit.

Nun sah er um sich herum wieder Gitter. Anscheinend gab es vor ihnen kein Entkommen. Sein neuer Käfig war zwar größer als der vorherige, aber er war trotzdem ein Käfig.

12.
Wiedersehen

Viktor durchkämmte den gesamten Wildpark, doch von Streuner fand er keine Spur. Er wollte schon aufgeben, als ihm etwas auffiel: Ein bärtiger Mann im blauen Overall trug einen gelben Plastikeimer in Richtung der Minigolfanlage. Wahrscheinlich war er ein Tierpfleger, und so weit war daran nichts Besonderes. Doch im Vorbeigehen sah Viktor, dass in dem Eimer ein totes Kaninchen lag.

Es war bestimmt Futter, doch Viktor fragte sich, für

wen. Ganz bestimmt nicht für die Zwergziegen oder die Mufflon-Schafe, und das Luchsgehege lag ganz am anderen Ende des Parks. Trotz des warmen Wetters trug der Mann Schutzhandschuhe wie ein Bauarbeiter, und sein Overall war bis unters Kinn zugezogen.

Viktor folgte dem Tierpfleger in einigem Abstand. Zwischen Minigolfanlage und Rodelberg, auf dem im Sommer Picknicktische standen, bog der Mann in einen schmalen Weg ein. An der Einmündung zeigte ein Schild einen rot durchgestrichenen Fußgänger. «Nur für Personal» stand darunter.

Viktor zögerte kurz, doch dann betrat er trotzdem den gesperrten Bereich. Zwischen dichtem Grün hindurch wand sich der Weg in einen abgelegenen Teil des Parks, der von außen nicht zu sehen war.

Neugierig spähte Viktor durch die Blätter einer Bambuspflanze. Er sah die Gitterstäbe eines Geheges. Ein paar

Gräser und Bäume wuchsen darin, graue Felsbrocken lagen herum, und dazwischen stand eine Hütte aus Holz. Auch eine Schubkarre stand noch im Innern, und eine Schaufel war gegen einen Baum gelehnt, als hätte sie jemand dort vergessen oder als wäre man davon überrascht worden, dass das Gehege plötzlich einen Bewohner bekam.

Von dem Tierpfleger sah Viktor keine Spur. Er hörte ein kurzes, metallisches Klacken, dann ein Schaben, als ob jemand einen Eimer über einen Betonboden schob, dann war Stille. Um mehr sehen zu können, schob er den Kopf durch das Gebüsch. Und da sah er ihn: Der Wolf hatte das tote Kaninchen aus dem Eimer gezerrt, der vor ihm auf der Seite lag.

«Streuner!», rief Viktor unwillkürlich aus.

Der Wolf hob kurz den Kopf, als wollte er sichergehen, dass Viktor ihm sein Futter nicht streitig machte. Dann wandte er sich wieder dem Kaninchen zu. Er schien sich nicht sonderlich für Viktor zu interessieren.

Viktor kroch näher heran: Das metallische Klacken war wahrscheinlich die Futterklappe gewesen, und das schabende Geräusch stammte wohl wirklich daher, dass der Pfleger den Eimer durch die Klappe ins Innere des Käfigs geschoben hatte.

«Streuner, was?», sagte auf einmal eine tiefe Stimme.

Viktor drehte sich erschrocken um.

«Ähm, wie?»

Ertappt richtete er sich auf und wischte die Hände verlegen an den Jeans ab. Der Mann im Overall hatte jetzt auch eine Kapuze über den Kopf gezogen. Noch immer trug er die dicken Handschuhe. Sobald Streuner ihre Stimmen hörte, trabte er mit dem Rest seines Abendessens davon und verschwand in der Holzhütte.

«Was willst du hier, Junge? Dieser Teil ist für Publikum gesperrt.»

«Oh, tut mir leid», erwiderte Viktor ausweichend. «Muss ich übersehen haben. Ich hab mich wohl verlaufen.»

«Von wegen!» Der Mann streifte die Kapuze ab, unter der wirres blondes Haar zum Vorschein kam. Misstrauisch musterte er Viktor von oben herab: «Der Wolf hat also einen Namen, ja? Wie? Streuner?»

«Na ja …» Viktor druckste herum. Er rieb mit dem Turnschuh über den Boden, als gäbe es dort Krümel.

«Wenn mich nicht alles täuscht, begegnet ihr beiden euch gerade nicht zum ersten Mal», sagte der Mann. «Warte mal: Bist du etwa der Junge, den der Wolf angegriffen haben soll?»

Viktor war verwirrt. «Was? Nein …», erwiderte er.

«Nach allem, was man hört, soll das Tier angeblich einen Jungen angefallen haben. Oder so ähnlich.»

«Streuner hat niemanden angegriffen!», protestierte Viktor.

«Aha, das scheinst du ja ganz genau zu wissen. Aber mich hätte es, ehrlich gesagt, auch gewundert! Also raus mit der Sprache: Woher kennst du ‹Streuner›?»

Trotz seiner rauen Art weckte der Tierpfleger irgendwie Viktors Vertrauen. Vielleicht lag es an seinem wuscheligen Haarschopf oder an seinem gutmütigen Blick.

«Ich habe ihm Wasser gebracht», gestand Viktor ehrlich.

Der Tierpfleger reagierte nicht so, wie Viktor gehofft

hatte: «Ach du Himmel! Von dir war also die silberne Schüssel? Am Ende hast du ihn auch noch gefüttert, was?»

«Habe ich nicht!» Viktor verstand nicht, worüber der Tierpfleger sich so aufregte. Schließlich hatte er dem Wolf doch geholfen!

«Man darf niemals einen Wolf füttern», erklärte der Mann. «Wenn er einmal lernt, dass er von Menschen Futter kriegt, kommt er immer wieder. Und dann gibt es garantiert Ärger. Wölfe in Dörfern oder Städten … Die Leute kriegen Angst und drehen durch. Nichts ist schlimmer als aufgebrachtes Volk. Und irgendeiner knallt ihn bestimmt ab. Einen Wolf zu füttern ist das Dümmste, was man tun kann.»

Viktor wunderte sich darüber, dass er eine Lektion erhielt, als hätte der Mann nicht gehört, was er gesagt hatte. Er hatte Streuner nicht gefüttert!

«Und Wasser ist übrigens genau das Gleiche», fügte der Pfleger an, während er seine Handschuhe auszog.

«Aber er war doch krank», warf Viktor ein.

Der Tierpfleger lächelte milde: «Tut mir leid, nimm's nicht persönlich. Mir tut es nur weh, wenn ich sehe, wie leichtsinnig manche das Wohl der Tiere aufs Spiel setzen.»

«Aber Sie füttern ihn doch auch», fiel Viktor plötzlich ein.

«Ja, aber nur durch eine Futterklappe. Und durch eine blickdichte Schleuse. So, dass er das Futter nicht mit Menschen in Verbindung bringt. Was glaubst du, wozu ich den Overall trage? Und Handschuhe?»

«Weil es gefährlich ist?», riet Viktor.

«Nein. Um meinen Eigengeruch zu verringern.»

Viktor verstand. «Geht es denn Streuner jetzt wieder besser?», fragte er nach einer Weile. Der Wolf war immer noch in der Hütte verschwunden.

«Er hatte wohl Gift gefressen. Wir mussten ihm den Magen auspumpen. Jetzt kriegt er Aufbaupräparate. Er ist jung und kräftig, gerade mal ein Jahr alt. Er wird's schon überstehen.»

«Warum ist er hier hinten?» Noch immer fragte sich Viktor, warum das Gehege von Streuner vor dem Publikum verborgen war.

«Das hier ist die Quarantänestation. Wir halten ihn von Menschen fern. Je weniger er sich an sie gewöhnt, umso besser. Deshalb erzählen wir auch keinem davon, dass er hier ist. Und sobald wir wissen, wo er herkommt, lassen wir ihn wieder frei.»

Viktor nickte. «Kann ich ihn ab und zu besuchen?», fragte er hoffnungsvoll, obwohl er insgeheim die Antwort auf die Frage schon kannte.

«Hast du mich nicht verstanden?», fragte der Tierpfleger ärgerlich. «Das geht auf keinen Fall. Und jetzt mach, dass du wegkommst, und lass dich hier nie wieder blicken!»

13.
Wildpark

In den nächsten Tagen besuchte Viktor den Wildpark trotzdem so oft wie möglich. Seitdem er wusste, wo der Wolf untergebracht war, dachte er noch mehr an ihn als zuvor. Und an die Verbindung, die er zu dem Tier gespürt hatte, als er ihm das erste Mal gegenüberstand. Er musste ganz einfach in dessen Nähe sein. Er konnte sich nicht mehr vorstellen, einen Tag ohne Streuner zu verbringen.

Der Eintritt kostete für Kinder unter zwölf Jahren einen Euro fünfzig, und solange sein Taschengeld reichte, kaufte er sich jedes Mal ein Ticket. Die Frau am Einlass drückte ihm den kleinen gelben Abriss kommentarlos in die Hand und musterte ihn dabei neugierig. Bestimmt wunderte sie sich darüber, dass Viktor so oft im Wildpark vorbeikam.

Viktor hatte herausgefunden, dass man von einer bestimmten Stelle des Rodelbergs einen Blick auf einen Teil des Wolfsgeheges erhaschen konnte. Er wollte dort so lange ausharren, bis er Streuner zu Gesicht bekam, wenn auch nur aus großer Entfernung.

Allerdings musste Viktor feststellen, dass der Bambus rings um den Käfig in die Höhe schoss. Der Ausschnitt, den er noch erkennen konnte, wurde immer schmaler. An manchen Tagen hoffte er vergeblich darauf, dass Streuner dort auftauchte. Wenn der Park dann am Abend schloss, trat er enttäuscht den Heimweg an. Komischerweise fühlte er sich dann, als hätte er den Wolf im Stich gelassen.

Obwohl Streuner ihn wahrscheinlich nicht einmal bemerkte.

In der Zwischenzeit sammelte seine Mutter alle Zeitungsausschnitte, die von dem Wolf berichteten, und legte sie für Viktor in eine Mappe im Flur. Auch Informationen, die sie im Internet fand, druckte sie für ihn aus und sortierte sie dort ein. Wenn Viktor nach Hause kam, schlug er immer zuerst den grünen Pappordner auf, um nachzusehen, was es darin Neues gab.

Bald konnte er das Gehege vom Rodelberg aus gar nicht mehr sehen. Wenn nur der Tierpfleger nicht wäre, der ihn vertrieben hatte! Ihm wollte er lieber nicht noch einmal begegnen.

Wieder einmal streifte Viktor durch den Park. Neben dem Hühnerkäfig wuchs ein großer Ahorn mit roten Blättern, der alle anderen Bäume im Park überragte. Da hatte Viktor eine Idee.

Geschickt kletterte er auf den Baum. Die Krone schwankte im Wind, und durch die Blätter hatte er einen direkten Einblick in Streuners Gehege. Bingo! Dieser Aussichtspunkt war viel besser als der Rodelberg.

Streuner trabte die gesamte Länge des Gitters entlang, drehte um und trabte wieder zurück. Hin und her, ohne Pause. Viktors Blick folgte ihm unablässig: Was hatte dieser Wolf für ein Geheimnis?

Doch schließlich war Viktors Taschengeld verbraucht. Neues bekam er erst in drei Tagen. Mit dem Fahrrad umrundete er die Einzäunung des Wildparks, fuhr querfeldein über Wurzeln und Äste, und wo das Gestrüpp zu dicht wurde, stieg er ab und untersuchte den Zaun zu Fuß auf undichte Stellen. Vergeblich: Die Begrenzung war stabil und über zwei Meter hoch. Oben lief sogar Stacheldraht entlang. Es war unmöglich drüberzuklettern.

Ihm würde nichts anderes übrigbleiben, als sich am Kassenhäuschen vorbeizuschleichen, wenn die Dame, die dort saß, gerade wegschaute, Kaffee kochte oder aufs Klo ging. Also legte er sich auf dem Parkplatz zwischen den Autos auf die Lauer.

Es dauerte nicht lange, und das Telefon läutete. Die Kassiererin legte den Hörer ans Ohr, nahm einen Ordner aus einer Schublade, beugte sich darüber und ging mit ihrem Anrufer einzelne Posten durch. Nach den Wortfetzen zu urteilen, die Viktor mitbekam, bestellte sie Getränke, Eis und Snacks, die sie an einem zweiten Fenster nebenan verkaufte.

Viktor schlich hinter den Autos entlang zur Rückseite des Kassenhäuschens. Er strich sich die Haare platt, damit sie nicht hochstanden und ihn verrieten, dann kroch er unter dem Fenster hindurch. Die Sätze der Kassiererin drangen jetzt deutlich an sein Ohr. Gerade bestellte sie Kartoffelchips. Ausgerechnet!

Doch jetzt gab es kein Zurück mehr. Sicherheitshalber blickte sich Viktor noch einmal um. Es war niemand zu sehen, und er schlüpfte durch das offen stehende Eingangstor hindurch.

Geschafft! Erleichtert richtete er sich auf und klopfte sich den Staub von den Händen. Als er aufsah, blickte er einem Mädchen in einem grünen Kapuzenpulli ins Gesicht. Sie hielt einen riesengroßen Schrubber in der einen und einen Eimer mit Putzwasser in der anderen Hand. Eine Jeans war über ihre Knöchel hochgerollt, und ihre Füße, die trotz der frühen Jahreszeit schon gebräunt waren, steckten nackt in Sandalen.

Eine Weile sahen sich beide wortlos an. Während Viktor verlegen herumdruckste, hob sie die Augenbrauen und wartete gespannt darauf, wie er sich herausreden würde.

«Äh ...», sagte Viktor und blickte sich um, als wäre dort von irgendwo Hilfe zu erwarten. Doch kein Superheld tauchte auf, der für ihn einsprang oder die Situation mit einer schlagfertigen Antwort rettete.

«Ach so», sagte das Mädchen mit gespieltem Erstaunen.

«Na ja ...», stammelte Viktor.

Er fühlte sich schuldig, weil er sich so einfach in den Wildpark geschlichen hatte, aber gleichzeitig sah ihn das Mädchen mit einem spitzbübischen Grinsen an, das ihn ganz durcheinanderbrachte. In seiner Panik deutete er auf das Naheliegendste, das ihm in den Sinn kam: den riesigen Schrubber in ihrer Hand.

«Was machst du damit?», fragte er.

«Äh, sauber?», sagte sie spöttisch.

«Ist ein großer Schrubber.»

«Hühner kacken viel», antwortete sie.

«Ich kenne das Sumatra-Huhn», sagte Viktor, der verzweifelt nach einem harmlosen Thema suchte.

«Schon gut», warf das Mädchen ungeduldig ein. «Keine Sorge, ich verpetz dich schon nicht.»

Und damit ließ sie ihn stehen und schlurfte in ihren Sandalen weiter in Richtung des Vogelgeheges.

«Warte mal!», rief Viktor. Eigentlich sollte er froh sein, dass die Situation so glimpflich für ihn geendet hatte. Jemand anderes als das Mädchen hätte vielleicht die Polizei gerufen oder seine Mutter auf der Arbeit benachrichtigt, damit sie ihn abholte, wie es einmal nach einer Rangelei im Freibad vorgekommen war. Oder es hätte sein können, dass er Hausverbot erhielt wie im Konditorei-Café Huysmans, wo Viktor einmal seine Regenwürmer in der Tortenauslage frei gelassen hatte und dabei erwischt worden war.

«Arbeitest du hier?», fragte Viktor, als er das Mädchen eingeholt hatte.

«Nee, ich tue nur so», antwortete sie. Sie stellte den Eimer auf den Boden und lehnte den Schrubber an den Baumstamm neben dem Hühnerkäfig, den Viktor am Vortag hinaufgeklettert war.

«Kannst gut klettern», sagte sie, ohne ihn anzusehen.

«Äh, was?», antwortete er überrascht.

«Ich habe dich gesehen. Gestern, vorgestern, praktisch jeden Tag, seit der Wolf hier ist.»

«Ach ja?»

«Solche wie dich gibt es hier immer wieder», sagte das Mädchen.

«Wie, solche?»

«Verträumte Stadtkinder. Die finden unsere Tiere toll und kriegen große Augen. Aber wenn es ernst wird, hauen sie alle ab.»

«So bin ich aber nicht», protestierte Viktor. «Ich habe mich um den Wolf gekümmert, als er krank war.»

«Dachte mir, dass du der Wolfsjunge bist. Mein Vater hat mir schon von dir erzählt.»

Viktor kombinierte, dass der Vater des Mädchens der Tierpfleger im blauen Overall sein musste, der ihn bei

Streuner erwischt hatte. Und nun war Viktor schon wieder bei etwas Verbotenem ertappt worden.

Das Mädchen nahm einen Schlüsselbund aus der Tasche und steckte ihn ins Schloss des Hühnerkäfigs. Ohne Viktor zu fragen, drückte sie ihm den Schrubber in die Hand. Sie selbst nahm den Eimer hoch.

«Bleib dicht hinter mir und pass auf, dass dir niemand durch die Beine flutscht», sagte sie. Dann schloss sie die Tür auf, und die Hühner wichen auf die andere Seite des Käfigs aus. Als sie beide im Käfig waren, sperrte das Mädchen die Tür hinter sich wieder zu.

«Und jetzt?», fragte Viktor überrumpelt.

«Alles schrubben, einmal von vorne nach hinten und einmal von links nach rechts. Bis es sauber ist. Danach Stachelschwein, Zwergziege und Stinktier. Ich bin in zehn Minuten wieder da.» Mit diesen Worten ließ sie ihn allein und sperrte das Gehege von außen ab.

Viktor begann gehorsam, den Boden des Hühnerkäfigs zu schrubben. Jetzt verstand er auch, weshalb der Schrubber so groß war.

Draußen kamen Besucher vorbei, blieben stehen und grüßten ihn, und er grüßte zurück, als wäre es das Selbstverständlichste der Welt. Ein Ehepaar mit einem Kinderwagen fragte ihn durch den Zaun, was das für ein Tier wäre, dessen schwarze Federn grün und lila schimmerten. «Das ist das Sumatra-Huhn», erwiderte er. Das Ehepaar bedankte sich lächelnd und ging weiter.

Viktor war mit dem zweiten Schrubb-Durchgang fast fertig, als das Mädchen zurückkam. Zu seinem Schreck war sie nicht allein. Der Mann im blauen Overall begleitete sie.

Statt etwas zu sagen, stellten sie sich nebeneinander vor dem Käfig auf und sahen ihm bei der Arbeit zu. Zwischendurch grinste das Mädchen belustigt zu ihm herüber. Der Mann schnitt mit dem Taschenmesser einen Apfel in Stücke, den sie beide aßen.

«Okay», sagte Viktor, als er fertig war.

«Dahinten ist noch ein bisschen», sagte das Mädchen und deutete auf eine schmutzige Stelle vor dem Sand. Viktor ging hin und scheuerte mit den harten Borsten ein paarmal darüber.

«Das war's», sagte das Mädchen und nahm ihm draußen den Schrubber und den Eimer wieder ab. «Bist du unter zwölf?»

«Ja, elf», sagte er verwirrt.

«Dein Glück. Dann musst du nur eins fünfzig abarbeiten. Das Eintrittsgeld. Sonst wären es vier Euro.»

«Und was ist mit dem Stinktier?», fragte Viktor.

Das Mädchen und ihr Vater sahen einander an.

«Komm mit», sagte der Mann im blauen Overall schließlich und ging voraus. Viktor und das Mädchen folgten ihm. Viktor deutete auf ihren grünen Kapuzenpulli. «Ist das nicht zu warm?», fragte er.

«Nö», antwortete sie. «Nicht, solange du meine Arbeit erledigst.»

Viktor nickte. «Mache ich gern», sagte er mit einem vorsichtigen Lächeln. «Ich heiße übrigens Viktor.»

«Klara», sagte das Mädchen und reichte ihm aus der Bauchtasche ihres Kapuzenpullis ein Paar Gummihandschuhe: «Hier! Die brauchst du gleich.»

14.
Konrad

Scheinbar hatte sich Viktor als Hilfskraft im Wildpark so gut gemacht, dass der Tierpfleger ihn fragte, ob er nicht an einem anderen Tag wiederkommen wollte. Hilfe könnten sie schließlich immer gebrauchen. Sein Name war Konrad. Er war allein für den ganzen Park zuständig, und es gab immer zu viel zu tun. Seine Tochter Klara half ihm zwar manchmal, wenn ihr Stundenplan es zuließ, aber jetzt hatte er obendrein noch einen Wolf zu versorgen!

Viktor verkniff es sich, gleich auf Streuner zu sprechen zu kommen. Er wollte sein Glück an diesem Tag nicht allzu sehr herausfordern. Konrad stellte ihn zuletzt noch der Frau im Kassenhäuschen vor: Viktor durfte ab sofort als Hilfskraft im Wildpark ein- und ausgehen, ohne bezahlen zu müssen.

Aufgeregt fuhr Viktor nach Hause und berichtete seiner Mutter stolz, dass er geholfen hatte, die Käfige sauber zu machen. Und dass er anschließend sogar die Tiere mit füttern durfte! Und, dass er jetzt regelmäßig im Wildpark mitarbeiten würde! Nur, wie es dazu gekommen war, erzählte er nicht.

«Habe ich dazu vielleicht auch noch was zu sagen?», fragte seine Mutter, während sie den Tisch deckte. «Was ist zum Beispiel mit Schule?»

«Das schaffe ich schon beides», meinte Viktor.

«Und außerdem …» Sie zögerte.

«Außerdem, was?», fragte Viktor.

«Außerdem ist da doch der Wolf. Deshalb willst du dort helfen, oder? Ich bin doch nicht blöd.»

«Ich wollte nicht, dass du dir Sorgen machst», gestand Viktor. Er nahm das Besteck aus der Schublade und legte es rechts und links neben die Teller.

«So ein Wolf ist kein Kuscheltier. Das ist nicht wie bei König der Löwen oder so.»

«Das weiß ich doch.»

«Also sei vorsichtig und bleib weg von ihm. Versprichst du mir das?»

«Zu dem Wolf darf man sowieso nicht hin», sagte Viktor ausweichend.

«Versprochen?!», fragte seine Mutter noch einmal.

«Okay, versprochen», willigte Viktor ein.

Seine Mutter setzte sich an den Tisch und stützte einen Ellenbogen auf. Dann legte sie das Kinn in den Handballen und sah ihn an. Viktor musste ein Grinsen unterdrücken. Dass sie ihn aufforderte, von dem Wolf wegzubleiben, war ihre Art zu sagen, dass sie damit einverstanden war, wenn er im Wildpark aushalf.

«Willst du was trinken? Apfelsaft oder so?», fragte der Tierpfleger Konrad ihn am nächsten Nachmittag, nachdem der erste Teil ihrer Arbeit erledigt war. Klara war noch bei den Damhirschen. Wenn sie einmal angefangen hatte zu arbeiten, hörte sie nicht mehr auf, bis sie alles erledigt hatte.

«Mit Sprudel», sagte Viktor und nickte.

Er setzte sich auf eine Bank an einem Holztisch. Dahinter stand ein kleines, zweistöckiges Haus aus rotem

Ziegelstein. Es sah beinahe aus wie ein Hexenhäuschen – mit einem spitzen Giebel und einem schmalen Dach über dem Eingang. Es stand noch hinter dem Wolfsgehege im abgetrennten Teil des Wildparks. Überall wucherten Pflanzen, die niemand zurechtschnitt. Eine Schubkarre war mit Brennholz vollgeladen. Daneben lag gespaltenes Holz auf dem Boden. Eine Axt steckte in einem abgesägten Baumstamm.

«Schon mal Holz gehackt?», fragte Konrad, als er mit zwei Flaschen und zwei Gläsern wieder aus dem Haus trat. Er war Viktors Blicken gefolgt.

«Nein», sagte Viktor.

«Macht Spaß.» Heute trug Konrad statt des blauen Overalls Jeans und ein verwaschenes Karohemd. Alles an ihm sah freundlicher aus als neulich. In seinem Vollbart hing ein kleines Blatt. Seine Schultern waren rund, als hätte sie jemand mit Sand aufgeschüttet.

«Wohnt Klara auch hier?», fragte Viktor.

«Na klar, was denkst du denn?», erwiderte Konrad.

Viktor sah sich um. Er stellte sich vor, wie es wäre, in einem Tierpark zu Hause zu sein. «Kann ich Sie mal was fragen?»

«Du kannst gerne ‹Du› zu mir sagen.»

«Okay», sagte Viktor.

«Prost!» Konrad stieß sein Glas gegen Viktors.

«Ist es nicht komisch, zwischen so vielen Tieren zu wohnen?», fragte Viktor.

«Nein. Auf die Art ist man nie allein», erklärte Konrad.

Viktor nickte. «Du musst bestimmt viel über Tiere wissen», vermutete er.

«Na ja, wie man's nimmt. Manche haben Federn und andere Schuppen und wieder andere Fell», erklärte Konrad. «Aber letztlich sind alle Tiere gleich. Sie wollen fressen, und sie wollen schlafen. Und dafür brauchen sie Futter und ihre Ruhe. Und das ist eben mein Job.»

«Trotzdem sind doch alle Tiere unterschiedlich», wandte Viktor ein.

«Stimmt auch wieder», antwortete Konrad. «Zum Beispiel dein Wolf! Er ist mein erster. Daran muss ich mich auch erst gewöhnen.»

«Er ist ja nicht mein Wolf.»

«Du interessierst dich aber für ihn, oder?»

«Schon.»

«Nennst ihn Streuner, was?»

Viktor schwieg und nahm stattdessen einen Schluck Apfelschorle. Er hatte das Gefühl, dass alles, was ihn und Streuner betraf, vertraulich war. Es ging niemanden etwas an.

«Na, mal sehen, wie lange er überhaupt noch hierbleibt», warf Konrad ein. «Für wilde Tiere ist so ein Käfig nichts. Er ist außerdem viel zu klein für ihn.»

«Was passiert jetzt mit ihm?», wollte Viktor wissen.

«Zunächst bleibt er hier. Und dann sehen wir weiter. Tollwut hat er jedenfalls schon mal nicht. Das haben wir rausgefunden.»

«Heißt das, man kann ihn wieder freilassen?», fragte Viktor hoffnungsvoll.

«Wir können ihn nicht einfach laufen lassen. Das geht nur, wenn wir wissen, wo er herkommt. Wo er sein Territorium hat. Dann können wir versuchen, ihn dort auszuwildern, wo er sich auskennt. Und wo er sein altes Rudel wiederfinden kann, wenn er denn eins hatte.»

«Und wie findet man heraus, wo er herkommt?»

«Hast du schon mal was von DNA-Analyse gehört?»

«Ein bisschen», antwortete Viktor vage. Aber genau genommen wusste er nicht, was es damit auf sich hatte.

«Wir haben eine Fellprobe an das Senckenberg-Institut in Frankfurt geschickt. Dort wird sein Erbgut bestimmt und dann mit einer Gen-Datenbank verglichen. Wenn man Glück hat, kann man so herausfinden, aus welchem Gebiet der Wolf stammt.»

«Woher weiß man eigentlich, dass es ein wilder Wolf ist?» Viktor hatte sich diese Frage schon länger gestellt.

«Ganz einfach: Kein Zoo hat den Ausbruch eines Wolfs gemeldet.»

«Hm», machte Viktor. Über diesen Punkt hatte er noch nie nachgedacht.

«Und anders erkennt man es nicht?»

«Woran sollte man es erkennen? Er trägt kein Schild um den Hals. Am Verhalten kann man es jedenfalls kaum ablesen. Wölfe sind scheu. Letztlich bleiben sie wilde Tiere, auch wenn sie in einem Zoo leben.»

«Dann kommt er vielleicht in einen Zoo?»

«Man kann einen wilden Wolf nicht auf Dauer in einem Gehege halten», erklärte Konrad. «Das wäre Tierquälerei.»

«Vielleicht kann man ihn dann bald wieder freilassen.»

«Mal sehen. Da dieser hier in der Stadt gefangen wurde, ist er vielleicht schon viel zu sehr an Menschen gewöhnt, um ihn überhaupt wieder auszuwildern.»

Also, dachte Viktor, gab es eigentlich gar keine Lösung

für Streuner. Wie konnte es sein, dass es für einen einzelnen Wolf nirgendwo einen Platz gab?

Es klapperte, und Klara kam auf einem Fahrrad um die Ecke. Sie fuhr querfeldein, ohne sich an den Trampelpfad zu halten. Das Rad lehnte sie an den nächsten Baum. Das Schloss, das sie um ihre Taille geschlungen hatte, nahm sie ab und hängte es lässig an den Lenker. Als sie Viktors halbvolles Glas sah, ging sie zielstrebig darauf zu und trank es in einem Zug leer.

«Durst», sagte sie. «Sorry.» Dann rülpste sie leise und ließ sich neben ihrem Vater auf die Bank fallen. «Worüber redet ihr?»

«Worüber wohl?» Konrad drückte ihr einen Kuss ins Haar.

«Über den Wolf», sagte Klara und grinste.

15.
Träume

Viktor schlief schlecht. Er träumte wirr und wachte mitten in der Nacht erschöpft auf. Etwas beschäftigte ihn, ohne dass er genau sagen konnte, was es war. Er versuchte, wieder einzuschlafen, doch sobald seine Augen zufielen, hatte er das Gefühl, etwas Wichtiges vergessen zu haben. Er wusste nicht, ob es aus einem Traum übrig geblieben war oder etwas mit der Wirklichkeit zu tun hatte. Im Halbschlaf grübelte er darüber nach, dämmerte kurz weg und schreckte wieder auf.

Er öffnete das Fenster weit, um mehr Luft zu bekommen. In der Bahnhofsgegend war es nachts oft laut. Direkt unter seinem Fenster unterhielten sich Leute miteinander. Irgendwo schrie jemand auf Bayerisch in sein Telefon. Seine Mutter schlief im hinteren Zimmer, das zum Hof ging und in dem es ruhiger war. Oft, wenn der Lärm ihn zu sehr störte, kroch er zu ihr ins Bett. Doch jetzt war er so unruhig, dass er fürchtete, sie einfach nur aufzuwecken, und dann konnte keiner von ihnen mehr einschlafen. Was war es nur, wonach sein Gehirn suchte?

Er schaute aus dem offenen Fenster. Die Straße war zugeparkt, Stoßstange an Stoßstange. Plötzlich stutzte er: Aus dem Augenwinkel hatte er das Wort «Tierheim» erhascht. Sein Blick glitt zurück, und sofort wunderte er sich über sich selbst: Nicht «Tierheim», sondern «Bier und Wein» stand auf der Seite eines Kleintransporters geschrieben. Er warf sich wieder aufs Bett – und plötzlich wusste er, worüber er so lange gegrübelt hatte.

Natürlich! Die rothaarige Frau im Tierheim!

«Du bist schon der Zweite, der mich heute nach einem Wolf fragt», hatte sie zu ihm gesagt. Er hatte die Bemerkung damals gar nicht wichtig gefunden. Jetzt fragte er sich, wie er so leichtfertig darüber hatte hinweggehen können. Noch jemand anders suchte nach dem Wolf!

«Kein Zoo hat den Ausbruch eines Wolfs gemeldet», hatte Konrad gesagt. Aber irgendjemand vermisste ihn doch.

Viktor setzte sich an seinen Computer und ging online. Auf der Website stand, dass das Tierheim für Besucher um zehn Uhr öffnete. Für dringende Fälle gab es rund um die Uhr einen Bereitschaftsdienst. Es war jetzt Viertel vor fünf. Sein Fall war dringend. Also schlich er sich aus der Wohnung, schnappte sein Fahrrad, fuhr durch die Dunkelheit zum Tierheim und drückte die Nachtklingel.

In einem Bademantel, aus dessen abgewetztem Frotté zahllose Fäden hingen, kam die rothaarige Frau zum Tor geschlurft. Ihr Haar war wirr, und ihre müden Augen sahen aus, als wären sie geschrumpft.

«Was gibt's?»

«Ich muss Sie etwas fragen!»

«Ab zehn Uhr. Kannst du nicht lesen?» In pinkfarbenen Flipflops schlurfte sie wieder davon. Viktor musste sich etwas einfallen lassen.

«Es ist dringend!», rief er schnell, und als er keine Reaktion bekam, ergänzte er: «Ich arbeite im Wildpark!»

Die Frau blieb stehen: «Königsgarten?», fragte sie mit

immer noch schläfriger Stimme. Viktor hatte ihre Neugier geweckt.

«Ja, genau! Es geht um eine wichtige Frage.»

«Na gut, was soll's, Junge, komm rein», sagte sie mit einem Seufzen. «Jetzt bin ich sowieso wach. Wenn es dich nicht stört, dass ich mir einen Kaffee koche, während wir uns unterhalten.»

Viktor trat durch das Tor, das die Frau wieder sorgfältig hinter ihm verschloss. Von der Website des Tierheims wusste Viktor, dass sie Bea Kleiberg hieß. Auf ihrem Foto, das sie dort als Leiterin des Heims vorstellte, hielt sie einen pfirsichfarbenen Pudel im Arm.

Das Durcheinander im Büro war noch schlimmer als neulich. Auf dem Schreibtisch stand ein uralter Computer, der praktisch von Papier überwuchert war. Auf jedem freien Zentimeter häuften sich Berge von Zetteln, rund um den Bildschirm waren bunte Post-its angeklebt, und sogar oben auf dem Gehäuse balancierte ein Stapel Broschüren. An den Wänden hingen kreuz und quer Fotos von Hunden, Katzen, Meerschweinchen und Kaninchen. Irgendwo mittendrin fand sich eine Kaffeemaschine, in die Frau Kleiberg Wasser und Kaffeepulver einfüllte. Dann drückte sie auf einen Knopf.

«Willst du einen Schluck Milch?», fragte sie und zog eine H-Milch-Tüte aus dem Mini-Kühlschrank. Viktor schüttelte den Kopf.

«Wissen Sie noch, als ich neulich wegen dem Wolf hier war?», fragte er stattdessen.

«Wie geht es ihm?», fragte sie zurück.

Viktor sah sie verständnislos an.

«Dem Wolf. Im Wildpark», erklärte sie.

«Weiß nicht. Gut, glaube ich», sagte Viktor. Er war überrascht, dass die Frau wusste, dass der Wolf dort untergebracht war.

Sie nickte. «Deswegen arbeitest du jetzt also im Wildpark», kombinierte sie. «Hätte ich mir fast denken können.»

Viktor überging die Bemerkung und kam stattdessen auf seine eigentliche Frage zu sprechen: «Sie haben zu mir damals gesagt, dass noch jemand nach dem Wolf gefragt hat.»

«Und, weiter?»

Die Kaffeemaschine machte blubbernde Geräusche, und die Frau goss sich etwas daraus ein. Auf ihrer Tasse war eine Witzzeichnung von zwei Hunden zu sehen, die einen Mann kitzelten und dabei lachten. Der Mann lag auf dem Rücken und zappelte.

«Wissen Sie noch, wer es war?», fragte Viktor.

«Selbst wenn ich es wüsste, dürfte ich es dir nicht sagen. Alle Daten hier sind vertraulich.»

«War er hier? Der nach dem Wolf gefragt hat?»

Bea Kleiberg musterte ihn skeptisch, bevor sie antwortete. «Nein, er hat angerufen.»

Es war also ein Mann, dachte Viktor.

«Haben Sie eine Anrufliste?»

«Natürlich habe ich die, aber wie gesagt: Datenschutz.»

«Könnten Sie nicht eine Ausnahme machen?», bat Viktor.

«Und warum sollte ich das?», fragte Frau Kleiberg und nahm einen Schluck Kaffee.

«Weil es um den Wolf geht! Im Wildpark kann er nämlich nicht bleiben. Und wenn er jemandem gehört, kann er vielleicht dorthin zurück.»

Bea Kleiberg stellte ihre Tasse ab.

«Erstens: Ein Wolf gehört grundsätzlich keinem. Und zweitens: Hätte derjenige eine Genehmigung gehabt, einen Wolf zu halten, wäre es bekannt. Also hatte er keine. Und hätten wir vorher entdeckt, dass jemand einen Wolf ohne Genehmigung hält, hätten wir ihn sowieso beschlagnahmt. Glaub mir, dem Tier geht es besser, wo es jetzt ist, als da, wo es herkommt.»

«Aber wenn er illegal gehalten wurde – muss man das dann nicht anzeigen?», überlegte Viktor.

«Was meinst du, wie viele traurige Geschichten ich jeden Tag höre?», seufzte Frau Kleiberg. «Eingesperrte, ausgesetzte, gequälte Tiere. Du ahnst gar nicht, wie groß das Elend dieser armen Kreaturen ist. Und letzten Endes macht auch das hier ...» – ihr Zeigefinger beschrieb einen Kreis, der das Tierheim meinte – «keinen großen Unterschied.»

Die Frau zündete sich eine Zigarette an. Ihre Augen schauten so reglos aus ihren Höhlen, als ob sie darauf warteten, dass eine Ampel auf Grün sprang.

«Es macht aber doch einen Unterschied», widersprach Viktor. «Für die ganzen Tiere.»

«So, macht es das?»

«Ja, natürlich!»

Sie blies den Rauch geräuschvoll Richtung Decke. Dann klopfte sie die Asche ihrer Zigarette ab und schüttelte dabei den Kopf: «Es ist nicht immer ganz leicht, hier drinnen nicht den Mut zu verlieren.»

«Und was soll dann aus dem Wolf werden?»

«Tut mir leid», entgegnete sie mit fester Stimme. «Für Wölfe bin ich nun wirklich nicht zuständig.» Sie begann, etwas in einem Papierstapel zu suchen, als schien sie Viktor schon ganz vergessen zu haben.

«Auf der Website des Tierheims gibt es ein Kapitel, das heißt ‹Wildtiere in Not›.» Viktors Stimme wurde lauter. «Dort schreiben Sie darüber, wie wichtig es ist, auch wilden Tieren zu helfen, und was es für Möglichkeiten gibt. Und jetzt können Sie wirklich einem helfen und tun es nicht!» Viktor merkte, wie Wut in ihm aufstieg.

«Auf der Website geht es um Rehe, Igel und den einen oder anderen Fuchs», wich die Frau aus.

«Na und? Wölfe stehen erst recht unter Schutz. In Deutschland gibt es weniger als hundert davon! Also? Geben Sie mir jetzt den Namen oder nicht?», fragte er ungeduldig und sah die Frau durchdringend an. Er wunderte sich selbst über seine Entschlossenheit.

Frau Kleiberg trank einen Schluck Kaffee und musterte ihn dabei über den Becherrand hinweg. «Namen hat er keinen gesagt», erwiderte sie schließlich.

«Dann eben die Nummer!»

«Meine Güte, du bist aber hartnäckig», sagte sie, beugte sich nach vorne und schaltete ihren Bildschirm an. Sie suchte eine Brille, setzte sie auf und öffnete eine Datei.

«Warte mal … so, an welchem Tag war das?», sagte sie zu sich selbst, während sie die Liste der eingegangenen Telefonanrufe durchsuchte, die alle im Computer abgespeichert wurden. Es dauerte tatsächlich nicht lange, und sie hatte die Nummer des Anrufers gefunden.

Viktor hatte es geschafft!

16.
Leine

Bilder zogen wie Vögel durch das Bewusstsein des Wolfs: Sie stammten aus einer verlorenen Welt, in der er glücklich gewesen war. Sie waren verschwommen, kaum noch greifbar, ein mattes Glimmen aus vergangener Zeit. Es gab darin Wiesen und Schmetterlinge und einen Bach. Doch er konnte diese Bilder nicht festhalten. Sofort tauchte dahinter eine zweite Ebene von Erinnerungen auf. Eine dunkle, schreckliche, die sein Herz zum Rasen brachte.

Er war noch klein, ein junges Bündel aus weichem Fell und mit viel zu großen Pfoten. Für den fremden Mann gab es keine schönere Beschäftigung, als mit dem Wolfswelpen zu spielen, ihn zu stupsen und zu kraulen, hochzuheben und in den Armen zu tragen. Er war noch keine zwei Monate alt und durfte sogar in einem riesigen weichen Bett schlafen.

Er bekam genug zu fressen und fühlte sich nicht allein. Langsam verblasste das schreckliche Ereignis, das sein Glück so jäh zerstört hatte – die tödlichen Explosionen, der Geruch von Tabak und saurem Schweiß. Stattdessen stieg ihm der süße, künstliche Geruch von Parfüm in die Nase.

In dem riesigen Haus mit seinen Zimmern, einem Garten und einem Gehege, dessen Tür immer offen stand, gab es viel zu entdecken. Doch sein neuer Besitzer gab ihm immer öfter in harschem Ton Befehle, die er nicht verstand. Manchmal hob der Mann ihn grob hoch, schrie ihn an und drückte schmerzhaft seine ledrige Nase in einen Kothaufen auf dem Teppich.

Das war für ihn besonders unangenehm, weil die Nase der empfindlichste Teil seines Körpers war. Sie saß nicht umsonst am Ende der langen Schnauze wie die Spitze einer Antenne, die Geruchssignale aus der Umwelt filterte, und mochten sie noch so schwach sein.

Obwohl er guten Willens war, verstand er nicht, was der Mann ihm sagen wollte. Der junge Wolf wuchs schnell, und eines Tages sperrte der Besitzer ihn aus dem Haus aus. Einmal vergaß der Mann, die Tür zu schließen. Der Wolf versuchte deutlich zu machen, dass es auch sein Haus war. Er hinterließ darin so viele Spuren, wie er konnte, riss mit den Krallen Polsterkissen auf, zerbiss Tisch- und Stuhlbeine und markierte jedes Zimmer mit Urin. So war sein Anspruch besiegelt.

Der Mann schien darüber wenig erfreut. Nicht nur warf er ihn in hohem Bogen in das Gehege, das dem größer werdenden Wolf schon nicht mehr so geräumig vorkam wie zu Anfang. Er nahm auch noch eine lederne Leine und schlug ihn damit. Der Wolf jaulte und jammerte, und wenn er heute davon träumte, jaulte und jammerte er im Schlaf.

In der Zeit danach bekam er nichts zu fressen, bis der Mann ihm irgendwann wortlos einen Brocken Hackfleisch hinwarf. Es schmeckte nach Parfüm.

Das Muster wiederholte sich. Ohne dass der Wolf verstand, weshalb, wurde er geschlagen und musste hungern. Offenbar wurde irgendetwas von ihm erwartet, das er nicht erfüllen konnte. Es stieg eine Bitterkeit in ihm auf, die eigentlich nicht Teil seiner Natur war. Sie entsprang der Ausweglosigkeit und der Verzweiflung, diesem Menschen ausgeliefert zu sein.

Er blieb nun in dem Gehege eingesperrt. Irgendwann kam der Mann, ohne dass etwas geschehen wäre, wieder mit der Leine in den Käfig. Der Wolf erkannte sofort das Werkzeug, mit dem ihm Schmerzen zugefügt worden waren.

Inzwischen hatte er verstanden, dass sein Besitzer von ihm absolute Unterordnung verlangte. An den Gesten und seiner süßlichen Stimme konnte der Wolf ablesen, dass der Mann wünschte, dass er zu ihm kam. Doch gleichzeitig hielt der Mann die Leine in der Hand, die der Wolf nicht aus den Augen ließ.

Widersprüchliche Gefühle stritten in ihm: Einerseits sehnte er sich danach, die Freundschaft und Nähe zu seiner einzigen Bezugsperson wiederherzustellen, andererseits

fürchtete er den Zorn der Leine wie nichts anderes. Schließlich siegte sein Misstrauen. Zu oft hatte der Mann ihn enttäuscht. Dann verschwand der Besitzer im Haus und kam mit einem großen Stück Fleisch zurück. Dieser Verlockung konnte der Wolf nicht widerstehen. Als er nach dem Bissen schnappte, legte der Mann ihm mit einer geschickten Bewegung die Leine um den Hals.

Sofort überfiel den Wolf ein Gefühl lebensgefährlicher Bedrohung. Sein Instinkt kannte für diesen Fall nur zwei Möglichkeiten: Flucht oder Kampf. Er zerrte mit aller Kraft an der Leine, was dazu führte, dass sie ihm die Luft abschnitt. Der Mann zog in die andere Richtung und sprach inmitten der Anstrengung ruhige Worte zu ihm, die ihn offenbar besänftigen sollten.

Doch solange er die Leine am Hals trug, war der Wolf nicht zu besänftigen. Als seine Fluchtversuche keinen Erfolg

zeigten, griff er zur entgegengesetzten Strategie. Er sprang auf den Mann zu und biss ihn ins Bein. Sobald er das Blut schmeckte, wusste er, dass er einen unverzeihlichen Fehler begangen hatte.

Für einen Moment hielten sie beide still. Dann beugte sich der Mann herab, löste mit einem schnellen Griff die Leine und verschwand aus dem Gehege.

17.
Zwinger

Viktor hielt den Fußball in beiden Händen und trat ihn wie bei einem Torwartabschlag über die Hecke. Hinter einem Zaun stand eine Reihe Tannen, deren Zweige sich wie Reißverschlüsse zu einem blickdichten Vorhang ineinander schoben. Der Ball flog über die Wipfel auf das fremde Grundstück.

Viktor folgte dem Zaun bis zur Auffahrt, die ein breites Eisengitter versperrte. Daneben gab es ein silbernes Gartentürchen für Fußgänger. Viktor drückte auf den Klingelknopf, der zusammen mit der Sprechanlage in eine Säule aus künstlichem Stein eingelassen war. Auf dem Briefkasten stand der Name «Borchart».

Ralf Borchart, dachte Viktor. Von Beruf Zahnarzt. Nachdem er die Telefonnummer von der Frau im Tierheim bekommen hatte, war es ganz einfach gewesen, den Namen und die Adresse herauszufinden.

Eine Stimme kam aus dem Lautsprecher: «Ja?»

«Entschuldigung, aber mein Ball ist über Ihre Hecke geflogen», sagte Viktor.

Ein hervorgewölbtes Glas, hinter dem zweifellos die Linse einer Kamera verborgen war, starrte ihn an wie ein Glubschauge. Nach einer Weile summte der Türöffner. Er drückte das Gartentor auf und folgte dem Weg zur Villa. Die Garage war so breit, dass darin drei Autos nebeneinander Platz fanden. Ein Oldtimer war auf ein hydraulisches

Gestell montiert, sodass seine Räder knapp über dem Boden schwebten.

Doch etwas ganz anderes machte Viktor stutzig: Auf dem Grundstück lag ein großer, umgestürzter Baum. Der Sturm hatte ihn wohl mitsamt den Wurzeln aus dem Erdboden gerissen, und er war auf dem Gitterzaun eines Geheges gelandet, das er fast bis zum Boden herunterdrückte. Das Gehege war leer.

Auf einmal roch Viktor süßes Parfüm. Er drehte sich um. Ein schwarzhaariger Mann stand vor ihm und lächelte ihn an. Seine gerade Haltung und sein breiter Brustkorb ließen darauf schließen, dass er in einem Fitness-Studio trainierte. Er trug Jeans, und seine Füße steckten in Lederslippern. Viktor hatte ihn nicht kommen gehört.

Plötzlich fühlte er sich beklommen. Vielleicht hätte er doch nicht alleine hierherkommen sollen? Der Trick mit dem Fußball war allzu durchschaubar. Auch wenn er dafür extra das T-Shirt von Schachtjor Donezk angezogen hatte. Es war das Trikot des Brasilianers Fred, seinem Lieblingsspieler mit der Nummer 8. Sein Vater hatte es ihm geschenkt.

Für einen Moment überlegte er wegzulaufen. Erwachsene waren meistens langsamer als er. Stattdessen holte er tief Luft, um sich zu beruhigen. Zum Abhauen war später immer noch Zeit, sagte er sich. Schließlich war er nur ein Junge, dem aus Versehen sein Fußball über den Zaun geflogen war.

«Nach was für einem Ball suchen wir denn?», fragte der Mann mit ungewöhnlich hoher Stimme, die im Kontrast zu seiner sonstigen Erscheinung stand. Wieder verzog sich sein Mund zu einem krampfhaften Lächeln, und Viktor fiel sein strahlend weißes Gebiss auf. Trotzdem behielt das Gesicht des Mannes einen traurigen Ausdruck. Als hätte er gerade festgestellt, dass etwas, das er sich sehr wünschte, unmöglich war.

«Ein Fußball», sagte Viktor. «Ganz normal, weiß und schwarz. Das Leder ist schon ein bisschen abgeschabt.»

«Brauchst du einen neuen?», fragte der Mann, als hoffte er, Viktor einen Gefallen tun zu können.

«Nein, schon gut», sagte Viktor, obwohl er gegen einen neuen Fußball im Prinzip nichts einzuwenden gehabt hätte.

«Magst du vielleicht etwas trinken?»

«Nein, danke. Was ist denn hier passiert?», fragte Viktor jetzt mit Blick auf den umgestürzten Baum.

«Ach, Sturmschaden. Nichts Besonderes.»

«Lassen Sie ihn so liegen?»

Der Mann steckte beide Hände in die Hosentaschen. Auch sein Fitness-Armband, das er am Handgelenk trug, verschwand. «Nein, aber nach dem Sturm waren alle Gärtner ausgebucht. Es dauert Wochen, bis man einen Termin für den Abtransport kriegt. – Wo ist denn dein Ball?», fragte er und sah sich um.

«Irgendwo dahinten», sagte Viktor und deutete nach rechts.

«Ich helfe dir suchen», sagte der Mann und ging um den sperrig daliegenden Baum herum.

«Was war hier drin?», fragte Viktor scheinbar ahnungslos mit Blick auf das beschädigte Gehege.

Der Mann sah ihn an. «Kannst du ein Geheimnis für dich behalten?», fragte er.

«Weiß nicht», sagte Viktor, um nicht allzu neugierig zu klingen.

Ralf Borchart blickte zu dem leeren Käfig und seufzte. «Ich habe für viel Geld ein ganz süßes junges Tier gekauft», begann er.

«Was war das für ein Tier?», fragte Viktor.

«Es war ...» – der Mann blieb stehen und machte eine Kunstpause, bei der er Viktor eindringlich ansah. Doch statt den Satz zu vollenden, fragte er: «Magst du Wölfe?»

«Klar.»

«Also gut. Es war einer. Ein Wolf.»

«Wow», machte Viktor. Er war tatsächlich auf Streuners Spur!

«Ja. Das dachte ich auch. Mein Leben lang habe ich Wölfe bewundert. Es war mein größter Traum, eines Tages so ein Tier zu besitzen, weißt du?»

«Warum ausgerechnet einen Wolf?», fragte Viktor nach.

«Wölfe sind einmalige Tiere! Sie sind stolz. Sie sind stark. Die Indianer sprechen ihnen geheime Kräfte zu. Sie sind schön, weißt du? Was für edle Geschöpfe! Wölfe hatten für mich immer schon etwas Magisches.»

«Hm. Und wo ist Ihr Wolf jetzt?», fragte Viktor.

«Ich weiß es nicht, und ich will es auch gar nicht wissen. Das Ganze war ein totaler Reinfall. Das Tier hat mich bitter enttäuscht.»

«Wieso?»

«Wieso?» Der Mann lachte verächtlich. Seine Stimme bekam eine scharfe Note: «Weil er mir das ganze Haus vollgepinkelt und vollgeschissen hat, deswegen! Und als ich ihn nicht mehr reingelassen habe, hat er sich reingeschlichen und hat alles kaputt gemacht. Sofa, Tische, Stühle, Bett, alles. Er wollte es mir heimzahlen, das tückische Biest. Es stellte sich leider heraus, dass er durchtrieben und bösartig war.»

Viktor konnte nicht glauben, was er da hörte. Streuner sollte durchtrieben und böse sein? Niemals!

«Glaube mir, ich habe versucht, ihn zu erziehen, aber es war alles vergeblich. Ich hatte wirklich den besten Willen! Wie gesagt, es war ein Lebenstraum. Und ich habe alles dafür getan. Zu viel wahrscheinlich. Schließlich konnte ich ihn nur noch im Zwinger halten. Als ich mit ihm spazieren gehen wollte, damit er wenigstens mal rauskommt, hat er mich ins Bein gebissen. Die Narben sieht man heute noch.»

Er schob das rechte Bein seiner Jeans hoch und zeigte Viktor die verheilte Wunde. Die Narben sahen tatsächlich aus wie der Abdruck von einem Gebiss.

«Wo hatten Sie den Wolf denn her?», fragte Viktor.

«Aus dem Internet», antwortete der Mann wie selbstverständlich. «Es war eigentlich ganz einfach. Als ich gemerkt habe, es geht nicht, wollte ich ihn zurückgeben, aber der Händler war auf und davon. Barzahlung, keine Quittung, keine Adresse. Zehntausend Euro futsch.»

«Haben Sie denn nicht seinen Namen?»

«Er hieß Marco, oder zumindest nannte er sich so. Und dann saß ich da. Mit einem Wolf, den man angeblich problemlos erziehen konnte. ‹Es kommt nur darauf an, dass man sie jung genug bekommt›, hatte er behauptet. ‹Dann werden sie so zutraulich wie Hunde.› Am Anfang habe ich den Kleinen sogar noch mit der Flasche aufgezogen. Und was war der Dank? – Ah, da ist ja dein Ball!», sagte der Mann und zeigte auf eine Stelle im Laub des umgestürzten Baums. Er wollte ihn aufheben, doch Viktor war schneller.

«Okay», sagte Ralf Borchart und rieb verlegen die Hände aneinander. «Bist du sicher, dass du nicht doch was trinken willst?»

«Nein, wirklich nicht», sagte Viktor.

«Das findest du jetzt bestimmt komisch», sagte der Mann, «aber du bist der Erste, mit dem ich mich über die ganze Geschichte unterhalte. Sogar meine Freundin hat mich deshalb verlassen. Sie wollte, dass ich den Wolf loswerde, egal wie. Und ich habe gesagt: Ich habe Verantwortung für das Tier übernommen, und ich lasse es jetzt nicht im Stich. Und was habe ich jetzt davon? Aber was rede ich. Deine Kumpels warten bestimmt draußen», bemerkte Ralf Borchart.

«Danke fürs Suchen», beeilte Viktor sich zu sagen.

«Danke, dass du mir zugehört hast. Tut mir leid, ich rede manchmal ein bisschen viel.» Plötzlich sah Ralf Borchart Viktor zweifelnd an: «Ist eine ganz schön hohe Hecke, um einen Ball drüberzuschießen.»

«Wir haben Jonglieren gespielt», antwortete Viktor schnell. Offenbar reichte es, um das aufgeflammte Misstrauen zu überwinden.

Ralf Borchart nickte und lächelte wieder sein trauriges Lächeln. «Ich bringe dich noch zum Tor», sagte er, als Viktor sich gerade verabschieden wollte. Er legte Viktor eine Hand auf die Schulter. Schweißperlen standen auf seiner Stirn.

Unterwegs fiel Viktor noch eine Frage ein: «Braucht

man nicht eine Genehmigung, um einen Wolf zu halten?» Schließlich hatte er das von der Frau im Tierheim so gehört.

«Du kennst dich aus», sagte der Mann anerkennend. «Braucht man. Außer man hat Papiere, die ihn als Hund ausweisen. Waren im Preis inbegriffen. Du verstehst?»

Viktor nickte. Aber eine allerletzte Frage hatte er doch noch.

«Hat der Wolf denn nie geheult?»

«Er hat wohl geübt, aber es klang eher wie ein Winseln. Er war ja noch jung. Ich habe es ihm dann schnell abgewöhnt.»

«Wie denn?», fragte Viktor. Er war nicht sicher, ob er die Antwort wirklich hören wollte.

«Wasserschlauch an und einmal kurz nass gespritzt, dann war Ruhe», sagte Ralf Borchart. Dann öffnete er für Viktor das Gartentor.

18.
Tümpel

Es war Anfang Juni und der erste wirklich heiße Tag des Jahres. Die Tierärztin Jana Langer, Konrad und Viktor saßen um einen quadratischen Besprechungstisch in einem Anbau, der hinter dem Kassenhäuschen des Wildparks lag. Ein Ventilator surrte auf dem Fensterbrett. Die Frau von der Kasse brachte eine Flasche Wasser, drei Gläser und zwei Becher Kaffee. Vor Viktor stellte sie eine Tüte Kakao mit Strohhalm ab. «Für den Wolfsjungen», sagte sie lächelnd.

Dann berichtete Viktor, was er herausgefunden hatte. Er erzählte von seinem Besuch im Tierheim, von dem unbekannten Anrufer, der sich nach einem entlaufenen Wolf erkundigt hatte, und davon, wie er die Telefonnummer zurückverfolgt und Ralf Borchart einen Besuch abgestattet hatte. Nach einer pflichtgemäßen Rüge, weil er seine Schritte nicht vorher mit ihnen abgesprochen hatte, mussten sowohl die Tierärztin als auch Konrad zugeben, dass Viktors Nachforschungen einige Neuigkeiten ergeben hatten.

Jana Langer erläuterte die nächsten Schritte: Zuerst sollte eine Gruppe aus Mitarbeitern von Naturschutzbehörde und Veterinäramt den Besitzer des Wolfs aufsuchen. Damit kein Verdacht auf Viktor fiel, Ralf Borchart verraten zu haben, würde die offizielle Version der Geschichte lauten, dass Nachforschungen des Tierheims und dessen Telefonliste zu der Adresse geführt hätten. Dann würde sich zeigen, ob man Borchart wegen illegaler Tierhaltung belangen konnte.

Hoffnung, dass man dem Tierhändler «Marco» auf die Spur kam, gab es allerdings wenig. Falls Borchart nicht noch weitere Informationen besaß, waren die Anhaltspunkte zu gering.

«Gut, dann hätten wir's», sagte die Tierärztin, bevor Viktor auch nur einen Schluck getrunken hatte. Offensichtlich sah er überrascht aus, denn sie fügte mit Blick auf den Kakao an: «Den kannst du mitnehmen.»

Aber Viktor interessierte sich gar nicht für den Kakao. Vielmehr wollte er wissen, was die neuen Erkenntnisse jetzt für den Wolf bedeuteten. Schließlich waren bisher alle davon ausgegangen, dass es sich um einen wilden Wolf handelte. Jetzt hatte sich herausgestellt, dass er eine ganz andere Geschichte hatte.

«Was passiert denn jetzt mit Streuner?», fragte er in die Runde.

Die Tierärztin war bereits aufgestanden und schon fast zur Tür hinaus.

«Mit wem?», fragte sie und sah hilfesuchend zu dem Tierpfleger. Dessen blonder Bart schien zu jucken, denn er kratzte sich heftig am Kinn.

«Streuner ist der Wolf», erklärte Konrad, ohne das Kratzen zu unterbrechen. «Viktor hat ihm einen Namen gegeben.»

«Ach so», sagte die Ärztin und sah Viktor mit einem bemühten Lächeln an, als wäre er krank, und sie müsste ihn behandeln: «Das werden wir dann sehen, wenn … es so weit ist. Wir tun jedenfalls unser Bestes. Tut mir leid, aber ich muss los. Und danke, Viktor, für deine Bemühungen.» Mit schnellen Schritten eilte sie davon. Kurz darauf hörte Viktor draußen ein Auto starten.

«Wenn was so weit ist?», fragte Viktor in die Stille.

Konrad sah auf die Uhr und schien seine Frage zu überhören. Er stand auf.

«Ich gehe den Wolf füttern. Wenn du magst, kannst du den Hühnern Körner bringen», sagte Konrad.

Noch vor wenigen Tagen hätte Viktor sich über das Vertrauen, das der Tierpfleger ihm damit aussprach, gefreut. Doch jetzt ärgerte er sich.

«Kann ich nicht mitkommen?», fragte Viktor zurück.

«Ich dachte, wir hätten da eine klare Vereinbarung», erwiderte Konrad. Er ging in Richtung von Streuners Käfig. Viktor lief neben ihm her.

«Hatten wir auch», entgegnete Viktor. «Weil wir dachten, dass Streuner ein wilder Wolf ist. Du hast gesagt, deswegen soll er keine Menschen treffen. Aber er ist kein wilder Wolf, sondern …»

«… sondern ein Gehegewolf», vervollständigte Konrad den Satz. Er wusste, worauf Viktor hinauswollte: Wenn Streuner die Nähe von Menschen seit jeher gewohnt war, warum konnte Viktor ihn dann nicht besuchen? Durch Viktors Nachforschungen war die Lage anders geworden. Und hatte er sich dafür nicht eine Belohnung verdient?

Konrad blieb stehen und kratzte sich wieder am Bart. «Ich weiß nicht, ob das so eine gute Idee ist», sagte er schließlich.

«Und warum nicht?», wollte Viktor wissen.

«Na ja», erwiderte er. «Er ist und bleibt ein Wolf, ob du

ihm einen Namen gibst oder nicht. Hast du mal mit deinen Eltern darüber gesprochen, ob sie einverstanden sind, wenn du ihn besuchst?»

«Mit meiner Mutter», erwiderte Viktor. Er saugte die letzten Tropfen aus seinem Kakao und warf die Verpackung in eine Mülltonne.

«Wäre es okay, wenn ich sie mal frage, was sie dazu denkt?»

«Weiß nicht. Muss das denn sein?»

«Besser wär's.» Konrad bog in den Privatweg ein, und Viktor folgte ihm einfach. Schließlich gehörte er jetzt auch zum Personal. Er erwartete, dass der Pfleger ihn jeden Moment wegschicken würde, doch das tat er nicht.

Als sie den Wolfskäfig erreichten, lag Streuner faul im Gras. Hinter der Futterklappe hatte der Pfleger eine Kühlbox bereitgestellt, die einen Brocken Fleisch mit einigen Knochen enthielt.

Sobald er den Deckel des Containers öffnete, hielt Streuner die Nase in den Wind und schnupperte. Konrad legte das Fleisch in den Eimer. Das Stück war etwa so groß wie ein Ziegelstein. Er wollte den Eimer schon durch die Futterklappe schieben, doch dann überlegte er es sich anders.

«Du hältst mindestens zwei Meter Abstand zum Käfig!», befahl er Viktor.

Dann nahm er seinen Schlüsselbund aus der Tasche. Er schloss die erste vergitterte Tür zum Gehege auf und hinter sich wieder zu. Jetzt stand er in einem eigenen kleinen Käfig, kaum größer als einen Quadratmeter, dessen innere Tür ihn immer noch von dem Wolf abschirmte. Der Eintritt erfolgte durch eine Schleuse, die so ähnlich funktionierte wie bei einem Raumschiff.

Streuner war inzwischen aufgestanden und studierte den Tierpfleger aus sicherer Entfernung. Viktor fragte sich, ob Konrad auch noch die zweite Tür öffnen und zu dem Wolf ins Gehege treten würde. Der Tierpfleger nahm jetzt wirklich seinen Schlüssel und steckte ihn ins Schloss, aber ohne ihn schon zu drehen. Streuners Ohren stellten sich auf. Konrad setzte den Eimer in der Schleuse auf den Boden und nahm das Fleisch heraus. Er schwang es hin und her.

Viktor sah, wie die Sehnen des Wolfs sich anspannten. Mit einem Mal wirkte er größer und entschlossener. Ohne Ankündigung sprang er in wenigen Sätzen auf Konrad zu. Kurz vor der Gittertür blieb er abrupt stehen. Sein Kinn war flach über dem Boden nach vorne in Richtung des Fleischstücks gereckt, aber er hielt immer noch etwa einen Meter Abstand. Plötzlich sprang er senkrecht hoch wie ein Stier beim Rodeo und drehte sich dabei in der Luft um. Mit wenigen Sprüngen jagte er dorthin zurück, wo er hergekommen war, wirbelte wieder herum und wiederholte das Schauspiel. Es sah aus wie ein Spiel. Streuner war eben immer noch ein junger Wolf, der sich über das bevorstehende Essen freute.

Streuners Körpersprache änderte sich, als Konrad, von dem übermütigen Verhalten ermutigt, den Schlüssel drehte und auch die zweite Tür aufschob. Der Wolf erstarrte, legte die Ohren an und begann zu knurren. Sobald Konrad seinen geschützten Raum betrat, fühlte der Wolf sich von ihm bedroht.

«Ganz ruhig, Streuner», sagte Konrad, hob beschwichtigend seine freie Hand und ging einen Schritt auf den Wolf zu. Sofort verstärkte das Tier seine Drohgebärde, und sein Schwanz stellte sich senkrecht auf. Unwillkürlich ging Viktor einen Schritt auf den Käfig zu. Er war jetzt so nah, dass er das lilafarbene Zahnfleisch in Streuners Maul sehen konnte. Der Wolf machte einen kurzen Satz auf Konrad zu, ging noch tiefer in die Knie und trippelte knurrend wieder ein paar Schritte zurück. Viktor sah die schwarze Umrandung seiner Augen, die wirkte wie ein Lidstrich und ihren Ausdruck noch verstärkte.

«Okay, das reicht», sagte Konrad und warf das Stück Fleisch vor Streuner auf den Boden. Doch der Wolf schien sich nicht mehr dafür zu interessieren. Er hielt den Blick weiter fest auf den Tierpfleger gerichtet, und erst, als Konrad sich langsam zurückgezogen und die Tür wieder hinter sich zugesperrt hatte, schnappte er sich den Brocken und begann zu fressen.

Wie sich herausstellte, verstanden Konrad und Viktors Mutter sich überraschend gut. Als das Telefon bei ihnen zu Hause klingelte, nahm Viktor den Anruf entgegen und reichte den Hörer nur widerstrebend an sie weiter, weil er wenig Gutes erwartete. In der nächsten halben Stunde hörte er allerdings, wie seine Mutter sich im Nebenzimmer angeregt unterhielt und zwischendurch sogar einige Male lachte. Er hätte gern gewusst, worum es eigentlich ging.

Am Ende erlaubte ihm seine Mutter tatsächlich, unter Konrads Aufsicht alle Aufgaben im Wildpark auszuführen, die nach Einschätzung des Tierpflegers ungefährlich waren.

Sie sagte, Konrad wäre ihr am Telefon sehr verantwortungsvoll erschienen. Viktor erzählte, Konrad hätte selbst eine Tochter, die etwa im selben Alter war wie er und ebenfalls im Wildpark aushalf.

«Ich weiß. Klara», sagte seine Mutter. «Er hat mir von ihr erzählt. Und vom Hühnerdreck.» Sie musste schmunzeln.

«Hahaha», machte Viktor.

Jetzt lachte sie erst recht, und schließlich konnte auch Viktor nicht mehr anders, als mitzulachen.

Die nächsten Tage verbrachte Viktor, soviel es ging, mit Streuner. Er saß im Schneidersitz außerhalb des Käfigs auf dem Boden, sprach mit freundlicher Stimme zu dem Wolf und stellte Fragen – natürlich, ohne ernsthaft eine Antwort zu erwarten. Dann wiederholte er seine Fragen, manchmal mit ein wenig höherer Stimme und in ermutigendem Tonfall.

Streuner lag meistens teilnahmslos auf dem Boden – entweder auf dem Bauch, wobei er die Vorderläufe gerade nach vorne ausstreckte, oder auf der Seite, wobei seine Schnauze ebenfalls nach vorne gestreckt war. Dann wieder zuckte er plötzlich, als hätte ihn etwas aufgeschreckt, und mit leichten Schritten lief er unermüdlich am Gitter hin und her. Manchmal hing seine Zunge dabei seitlich aus dem Mund, bis er plötzlich genug bekam und sich wieder hinlegte.

Sosehr Viktor sich anstrengte, Streuner gut zuzureden – der Wolf hatte für ihn kein Interesse. Ähnlich ging es Konrad bei seinen Versuchen, sich dem Tier zu nähern, wenn er es fütterte. Streuner blieb immer misstrauisch und wich vor ihm zurück, und wenn Konrad sich ihm noch weiter näherte, nahm er eine feindselige Haltung ein. Sein Knurren schwoll zu einem tiefen Grollen an, als wären die Stimmbänder in seiner Kehle zu einem dicken, vibrierenden Knoten geschnürt.

«Bei dem ist nichts zu machen», sagte Konrad schließlich mit der Überzeugung seiner langjährigen Erfahrung. «Der hat zu viele schlechte Erfahrungen gemacht.»

«Dann muss er jetzt eben ein paar gute machen», meinte Viktor.

«Zu spät», sagte Konrad. «Der lässt keinen mehr an sich ran.»

Doch Viktor ließ sich nicht so schnell entmutigen. Er konnte dem Wolf doch nicht vorwerfen, dass Ralf Borchart ihn im Zwinger gehalten und misshandelt hatte.

Hatte der Wolf den Pfleger nicht nur deshalb bedroht, weil er sich an die Schläge mit der Leine erinnerte? Anfangs war er übermütig wie ein junger Hund auf ihn zugesprungen. Hieß das nicht, dass es immer noch eine Seite in ihm gab, die vertrauensvoll war? Streuner war gerade erst ausgewachsen. Geschlechtsreif würde er frühestens in einem weiteren Jahr. Es war immer noch genug Zeit für ihn zu lernen. Man musste nur Geduld mit ihm haben. Viktor würde jedenfalls nicht einfach aufgeben.

Stundenlang saß er da und beobachtete den Wolf. Er betrachtete dessen Maserung, den genauen Verlauf der roten, braunen, grauen und weißen Partien, die weich ineinanderflossen. Hier ging es ihm ganz anders als in der Schule, wo er nie stillhalten konnte. Viktor verstand den Unterschied selbst nicht so recht. Er studierte die Zeichnung in Streuners Gesicht, die ihn an die Maske von Zorro erinnerte.

Er versuchte, sich alles einzuprägen, um es sich jederzeit wieder ins Gedächtnis rufen zu können.

Je länger er Streuner zusah, desto mehr Details fielen ihm an dem Wolf auf. Und jedes Mal wunderte er sich, wie er sie zuvor übersehen haben konnte. Im Mienenspiel des Wolfs gab es unendlich viele Varianten. Genau genommen schnitt er ständig Grimassen. Und mindestens genauso viele Arten gab es, wie er sich bewegte – je nachdem, ob er aufmerksam war oder müde, froh oder betrübt, angespannt oder ruhig.

Dabei stellte Viktor auch fest, dass der Wolf keineswegs nur faul herumlag oder am Zaun entlangrannte. Viktor sah zu, wie er mit beiden Vorderpfoten ein Loch in die Erde grub, wie er auf einem Felsbrocken in der Sonne lag, wie er Schmetterlinge jagte oder mit Anlauf in einen Tümpel sprang und an der tiefsten Stelle abrupt stehen blieb. Er planschte herum und versuchte dabei, so viel Wasser wie möglich zu verspritzen. Als er dann anfing, gleichzeitig nach den herumfliegenden Tropfen zu schnappen, musste Viktor lachen.

Nach ein paar Tagen bemerkte Viktor noch eine winzige Veränderung. Niemandem, der den Wolf nicht tagelang beobachtet hatte, wäre der Unterschied aufgefallen. Doch Viktor war sicher, dass etwas Entscheidendes passierte, auch wenn er noch nicht genau sagen konnte, was es war.

Es begann damit, dass sich ein Ohr in Viktors Richtung drehte, obwohl er weder etwas gesagt noch sich bewegt hatte. Plötzlich schien Streuner wachsam, aber nicht, weil ihn etwas erschreckt hatte. Es war, als wäre ihm etwas Wichtiges eingefallen, das er Viktor fragen wollte. Während er auf dem Bauch lag, hob er auf einmal den Kopf und sah Viktor ernst an.

Es war ihr erster Blickkontakt, seit Viktor sich außerhalb des Käfigs postiert hatte. Sofort bekam Viktor Gänsehaut. Als er dem

Wolf zum ersten Mal auf dem Bahnhof begegnet war, hatte er schon einmal ein ähnliches Gefühl gehabt. Wieder hatte er den Eindruck, als sähe Streuner etwas in ihm. Viktor wusste umgekehrt, wie es war, wenn man missverstanden wurde, wenn man sich ausgestoßen oder einsam vorkam oder wenn man Angst hatte. Streuner kannte nur eine Welt, in der Nähe und Wärme für ihn nicht existierten. Er war ganz allein. Er wusste wahrscheinlich gar nicht, was Freundschaft überhaupt war. Woher auch?

Vielleicht gelang es Viktor, dem Wolf seine Freundschaft anzubieten.

Immer noch blickte Streuner unverwandt herüber.

«Was machst du?»

Viktor fuhr herum. Es war Klara. Sie trug einen Stapel mehrerer, ineinandergesteckter Eimer in unterschiedlichen Farben in den Armen. Offenbar war sie schon am Aufräumen. Viktor war so in Gedanken gewesen, dass er sie gar nicht gehört hatte. In letzter Zeit hatte er sie wenig gesehen, denn sie kam nur selten zum Wolfsgehege.

«Nichts, wieso?», antwortete er schnell.

Sie trug ein T-Shirt und kurze Hosen und ging zu seiner Verwunderung barfuß. Ihre Haare waren an manchen Stellen von der Sonne ausgebleicht.

«Ist Feierabend», sagte sie. «Ab nach Hause mit dir.»

Viktor war überrascht. «Schon?»

Er sah auf die Uhr. Während er noch überlegte, was er als Nächstes sagen sollte, nickte Klara in Richtung des Geheges.

«Kommt ihr euch näher?»

«Vielleicht.»

«Hat eh keinen Zweck», erklärte sie. In Klaras Stimme lag eine Härte, die Viktor irritierte.

«Wieso?»

«Ach, nur so», antwortete sie ausweichend.

«Interessierst du dich nicht für den Wolf?», wollte Viktor wissen.

«Warum?»

«Na ja, du bist nie hier.»

«Gibt auch sonst genug zu tun», antwortete sie kurz.

Viktor hob einen kleinen Zweig auf und zerbrach ihn. «Glaubst du auch, dass Streuner bösartig ist?»

«Weiß nicht. Ist aber jetzt auch egal.»

«Wie meinst du das?»

Klara sah plötzlich aus, als stimmte etwas nicht. Ihr Gesicht hatte die merkwürdige Fähigkeit, sich vollkommen zu verwandeln. Wenn sie lachte, lachte jeder Millimeter an ihr, und wenn sie sich aus irgendeinem Grund schlecht fühlte, schien alles schief und verrutscht. Sie bemühte sich, ihn nicht anzusehen.

«Was ist?», fragte Viktor, weil die Worte anscheinend in ihr feststeckten.

«Frag am besten meinen Vater», sagte Klara schnell und ging in Richtung des Ziegelsteinhauses davon.

«Bist du morgen hier?», rief Viktor ihr nach.

Doch sie hörte ihn nicht mehr.

19.
Tränen

Die ganze Nacht grübelte Viktor darüber nach, was Klara gemeint hatte. Wusste sie etwas, das er nicht wusste? Auf dem Schulweg war Viktor so in Gedanken, dass er mit seinem Rad fast einen Fußgänger angefahren hätte, und in der Schule konnte er sich gar nicht konzentrieren.

Seit er sich mit Ronnie angelegt hatte, war sein Leben nicht unbedingt leichter geworden. Mitten im Erdkundeunterricht fing Ronnie, der schräg hinter Viktor saß, plötzlich an zu schnüffeln und sagte laut, sodass alle es hören konnten: «Hier stinkt's nach Wolf!»

Tom stimmte in die Schnüffelei ein, und langsam machte sich ein verstohlenes Kichern breit. Tom stand sogar von seinem Platz auf und hob ein Bein, als würde er die Ecke seines Tisches markieren.

Das Gelächter schwoll an. Viktor biss die Zähne aufeinander, sah aus dem Fenster und dachte daran, wie Streuner im Tümpel geplanscht hatte. Und auf einmal musste er ebenfalls lachen. Der Grund war zwar ein anderer, doch Viktor stellte fest, dass Ronnie sich ärgerte, weil es ihm nicht gelungen war, ihn zu provozieren.

Als Viktor am Nachmittag in den Wildpark kam, war Konrad dabei, die Pflanzen in Streuners Gehege von draußen mit dem Gartenschlauch zu wässern. Streuner hatte sich in seiner Hütte verkrochen.

Viktor lief sofort zum Wasserhahn und dreht ihn zu.

«Was soll das? Spinnst du?» Konrad sah verärgert aus. «Lass mich gefälligst meine Arbeit machen!»

«Aber nicht mit dem Schlauch!», sagte Viktor. «Dieser Borchart hat Streuner immer mit dem Gartenschlauch bestraft, wenn er versucht hat zu heulen», erklärte er. «Wenn wir jetzt Wasser in sein Gehege spritzen, fühlt er sich bestimmt daran erinnert und kriegt Angst.»

«Hm», machte Konrad. «Daran habe ich gar nicht gedacht.»

«Dafür hast du ja mich», sagte Viktor und grinste. Doch Konrad sah plötzlich nachdenklich aus.

«Viktor …», sagte er und legte den Schlauch beiseite.

«Was ist?» Viktor erkannte den veränderten Tonfall in seiner Stimme. Er dachte daran, wie Klara am Abend zuvor plötzlich traurig ausgesehen hatte.

«Was ich jetzt sage, wird dir nicht gefallen.»

«Was denn?», fragte Viktor zurück. In seinem Bauch bildete sich ein Knoten.

«Nach allem, was wir jetzt wissen, kommt eine Auswilderung für den Wolf nicht mehr in Frage», sagte der Tierpfleger. «Er hat sein Futter immer von Menschen bekommen, und er wird immer wieder in ihrer Nähe auftauchen, wenn er Hunger hat. Im Müll wühlen, Schafe reißen womöglich.»

«Aber er hat Angst vor Menschen», meinte Viktor.

«Vor einzelnen Menschen, ja. Trotzdem wird er sich immer wieder menschlichen Siedlungen nähern, Dörfern oder Bauernhöfen, um an Futter zu gelangen. Er hat kein Rudel, und er hat nie gelernt zu jagen. Er ist an Menschen gewöhnt, und das können wir nicht verantworten.»

«Und wenn er doch hierbleibt?»

«Das hier ist eine Quarantänestation. Die ist nur für vorübergehende Aufenthalte gedacht. Bis ein Tier wieder gesund ist und wir es freilassen oder woanders hingeben können, wo es in guter Obhut ist. Wir brauchen den Platz für andere Patienten. Abgesehen davon tut man dem Tier keinen Gefallen, wenn man es auf Dauer allein in einem Käfig hält.»

«Kann er nicht in einen Zoo?»

«Wir haben uns umgehört, aber kein Zoo hat Bedarf an einem Wolf. Und, um ganz ehrlich zu sein: Kein Zoo könnte mit ihm etwas anfangen. Er ist, na ja, ziemlich aggressiv und sehr ängstlich. Man kann ihn nicht einfach zu anderen Wölfen in ein Gehege tun. Er würde alles durcheinanderbringen.»

«Können wir nicht ein neues Wolfsgehege bauen?»

«Dafür gibt es leider kein Geld. Und keinen Platz.»

«Aber er ist doch nur aggressiv, weil er Angst hat!»

«Mag sein, aber ...», Konrad brach ab.

«Und jetzt?», fragte Viktor.

«Ich habe mich viel mit Dr. Langer über diese Frage unterhalten. Und sie steht in engem Kontakt zu den zuständigen Ämtern, also dem Veterinäramt und dem Naturschutzamt, wo die Entscheidungen letztlich gefällt werden. Nicht, ohne sich mit uns zu beraten, natürlich.»

Der Tierpfleger druckste herum. Er zog die Schultern hoch, stemmte die Hände in die Seiten und gab sich Mühe, Viktor direkt anzublicken. «Wie es aussieht, wird es wohl das Beste sein, wenn wir ihn aus der Population entnehmen», sagte er.

Viktor sah ihn verständnislos an. Er wusste nicht, was Konrad damit meinte, aber es hörte sich gar nicht gut an.

Der Tierpfleger fuhr fort: «Zumindest ist Dr. Langer dieser Ansicht, und ich neige dazu, ihr zuzustimmen. Genauer gesagt, ich ... habe schon zugestimmt.»

«Aus der ... was soll das heißen?» Viktor verstand kein Wort. Seit wann redete Konrad so geschwollen daher? Es passte überhaupt nicht zu ihm.

«Es heißt, dass wir ihn einschläfern müssen», übersetzte Konrad.

Am Abend lag Viktor auf seinem Bett und heulte. Er schluchzte laut, sein Körper zog sich zusammen, und die Tränen weichten sein Kissen ein.

Als seine Mutter nach Hause kam und ihn weinen hörte, kam sie in sein Zimmer gelaufen, setzte sich neben ihn aufs Bett und nahm ihn in den Arm. Sie fragte Viktor, was los war, und er erzählte ihr alles. Die Worte halfen nicht, im Gegenteil. Sie machten alles noch endgültiger. Egal, wie sehr seine Mutter versuchte, ihn zu trösten – es war, als ob sein Inneres sich auflöste und in unkontrollierten Schüben aus ihm herausfloss. Es durfte einfach nicht wahr sein.

Irgendwann war Viktor so erschöpft, dass er einschlief.

Noch bevor die Sonne aufging, wachte er auf. Er fühlte sich noch eine trügerische Sekunde lang froh, bevor ihm alles wieder einfiel. Sofort bekam er Schwierigkeiten zu atmen. Er setzte sich auf.

Seine Mutter meldete sich bei ihrer Arbeit krank, tat das Gleiche für Viktor in der Schule und fuhr als Erstes mit ihm gemeinsam zum Wildpark. Es tat Viktor gut, wieder am Kassenhäuschen vorbeizugehen. Als er der Pförtnerin seine Mutter vorstellte, ließ sie beide durchgehen, was ihn ein wenig stolz machte. Seine Mutter kaufte am zweiten Fenster einen Kaffee.

Sie entdeckten Konrad im Wildschweingehege, wo er dabei war, die aufgewühlte Erde wieder etwas einzuebnen. Klara war natürlich in der Schule. Der Tierpfleger wunderte sich, was Viktor schon so früh hier machte, doch als er seine Mutter sah, ahnte er wohl, worum es ging. Er trat durch das Holztor, zog die Arbeitshandschuhe aus, und Viktors Mutter gab ihm die Hand.

«Ich bin Sofia. Wir haben schon mal telefoniert», sagte sie.

«Habe ich nicht vergessen», erwiderte Konrad und musterte sie mit überraschtem Ausdruck.

Auf dem Weg zum Ziegelsteinhaus gingen sie am Wolfsgehege vorbei, und als Sofia Streuner zum ersten Mal sah, war sie beeindruckt. «Er ist irgendwie … perfekt», sagte sie voller Bewunderung. «Ein wunderschöner Wolf!»

«Das hilft ihm leider wenig», sagte Konrad.

Womit sie eigentlich schon beim Thema waren. Doch niemand wollte so recht damit beginnen. Erst setzten sie sich an den Tisch, und Konrad servierte Sprudel und Apfelsaft. Er stellte auch eine Schüssel Kekse auf den Tisch.

Viktor wollte nicht noch mehr Zeit verlieren. «Meine Mutter ist mitgekommen, weil …» Er kam ins Stocken. Er spürte einen Kloß im Hals. Sofia vollendete seinen Satz: «… weil wir noch mal über Streuner reden wollten.»

«Verstehe.» Konrad nahm einen Keks.

«Gibt es wirklich keine Möglichkeit?», fragte Sofia. Sie

hatte die grüne Mappe mitgebracht, in der sich ein dicker Stapel Artikel angesammelt hatte. Sie holte einen Text hervor, der von der Arbeit einer Wolf-Auffangstation berichtete. Dort konnten Wölfe in Gehegen unterkommen, für die es anderswo keinen Platz gab.

Kurz schöpfte Viktor neue Hoffnung. Doch Konrad erklärte, sämtliche in Frage kommenden Auffangstationen wären voll. Er hätte überall gefragt.

Konrad hörte allen Vorschlägen von Sofia und Viktor geduldig zu, doch sie führten zu keinem neuen Ergebnis. «Ich fürchte, die Entscheidung ist bereits gefallen», sagte er schließlich, um das Gespräch zum Abschluss zu bringen. «Und jetzt muss ich mich wirklich wieder an die Arbeit machen. Die anderen Tiere …» Er sah Viktor an, dem wieder Tränen in die Augen stiegen: «Es tut mir leid.»

Streuners Urteil war gefällt, auch wenn Viktor es immer noch nicht wahrhaben wollte. Zuletzt legte sich Schweigen über die Runde. Alles war gesagt.

Konrad stand als Erster von seinem Sitzplatz auf.

«Und wann …?» Sofia stellte die Frage, vor der Viktor sich am allermeisten fürchtete.

«Ich weiß es nicht», erwiderte Konrad. «Es kann bald sein, es kann auch noch ein paar Tage dauern. Es ist auch eine politische Entscheidung.»

«Politisch?», fragte Sofia. «Wieso das?»

«Na ja, Bauern und Jäger sind zum Beispiel grundsätzlich dagegen, dass Wölfe wieder in Deutschland leben dürfen. Die einen haben Angst um ihr Vieh, und die anderen wollen die Rehe, die sie schießen, nicht mit den Wölfen teilen. Hat der Bürgermeister also einen Termin beim Bauernverband oder beim Jagdverein, dann wäre es für ihn praktisch, man tut es möglichst bald, damit er sich dort dafür feiern lassen kann. Aber wenn er einen Termin mit Umweltschützern hat, die sich für die Wölfe einsetzen, wartet man noch ab, bis der Termin vorbei ist, damit er dort keinen Ärger bekommt. Nur …» Er zögerte.

«Nur was?», fragte Viktor.

«Falls es einen Notfall für die Quarantänestation gibt, was immer passieren kann – ein krankes Lama oder was weiß ich …»

«Oder ein anderer Wolf», warf Sofia ein, als könnte dieser Gedanke Viktor trösten.

«Oder das», sagte Konrad. «Jedenfalls kann es sein, dass wir dann schnell handeln müssen.»

Damit war ihr Gespräch endgültig beendet. Sofia fuhr wieder nach Hause, ohne etwas für Viktor erreicht zu haben, während Viktor noch bei Streuner blieb und ihn nicht aus den Augen ließ. Auf einmal kam ihm jede Sekunde, die er noch mit dem Wolf zusammen sein durfte, unendlich wertvoll vor.

20. Einbruch

Viktor wartete auf einen Tag, an dem seine Mutter Spätdienst hatte. Zwar rief sie immer zwischendurch zu Hause an, um zu fragen, ob alles in Ordnung war, aber es kam vor, dass er das Telefon nicht hörte. Zum Beispiel, wenn er Kopfhörer aufhatte oder das Radio laut gestellt war.

Als der Wildpark schloss, verabschiedete er sich von Klara. Er war zunächst wütend auf sie gewesen, weil sie ihm verschwiegen hatte, dass Streuner getötet werden sollte. Doch plötzlich hatte sie ihn angeschrien, dass sie es ihm hatte sagen wollen, aber nicht konnte! Und dann fing sie selber an zu weinen.

Er überlegte kurz, ob er sie in seinen Plan einweihen sollte, doch dann entschied er, dass es zu riskant war – für Streuner. Wenn Klara ihn verriet, war der Wolf endgültig verloren.

Statt das Gelände zu verlassen, ging er an der Minigolfanlage entlang und bog dann in Richtung einer Grillstelle ab. Dahinter lag ein Kinderspielplatz, zu dem auch eine Rutschbahn gehörte. Viktor hatte alles zuvor genau ausgekundschaftet: Die Leiter zum Einstieg in die Rutschbahn führte innerhalb eines hölzernen Turms nach oben, der aus dicken Balken gezimmert war. Die obere Plattform war ringsum eingefasst, und von dort schaute man direkt auf ein Stück des heimischen Mischwalds, der dort ausführlich auf einer Tafel erklärt war.

Hier konnte ihn niemand sehen. Viktor hockte sich hin, schlang die Arme um die Knie und wartete.

Ruhe legte sich über den Park. Viktor spürte an der Stille, die sich ausbreitete, dass die Tiere sich für die Nacht einrichteten. Die Bäume zeichneten sich schwarz vom Himmel ab, den die Lichter der Stadt schwach erleuchteten. Ein Mond, der aussah wie eine lange, dünne Kralle, hob sich über den Wipfeln in den Himmel. Viktor roch den Duft von brennendem Holz und schätzte, dass es nur Konrad und Klara sein konnten, die vor ihrem Ziegelsteinhaus ein Feuer machten. Niemand sonst hielt sich nachts in dem Tierpark auf.

Als es ganz dunkel war, kletterte Viktor die Leiter in dem kleinen Turm wieder hinab. Er überquerte den Spielplatz, kam beim Stachelschwein und dem Stinktier vorbei, und als er in Sichtweite von Konrads und Klaras Haus kam, versteckte er sich hinter einem Baum. Er sah die verwaiste Feuerstelle, in der noch die Asche glühte. Wieder wartete er. Dann ging das letzte Licht hinter den Fenstern aus.

Viktor trat aus dem Schatten, und mit vorsichtigen Schritten schlich er um das Gebäude herum zur Rückseite. Als er neulich einmal bei Klara im Haus auf die Toilette gegangen war, hatte er verschiedene Türen geöffnet und schließlich in einer Abstellkammer ein Fenster entriegelt. Er musste dafür nur einen Metallhaken zur Seite schieben. Dann hatte er es ein paar Millimeter aufgedrückt, damit er es später von draußen ganz aufsperren konnte.

Als er jetzt die Stelle unter dem Fenster erreichte, sah er sich zuerst nach einem geeigneten Podest um. Da er nichts Passendes fand, schob er Klaras Fahrrad vom Baum herüber und lehnte es gegen die Wand. Vorsichtig kletterte er auf den Rahmen, stützte einen Fuß auf den Sattel und richtete sich wie ein Seiltänzer mit zitternden Knien auf. Mit einer Hand hielt er sich an dem Sims fest, der aus der Mauer hervorragte. Mit der anderen griff er den Fensterrahmen.

Das Scharnier knarrte. Es ließ sich nicht vermeiden. So behutsam wie möglich bewegte er den quadratischen Flügel, bis er vollständig geöffnet war. Dann legte er beide Hände auf den Sims und atmete wie vor einer Turnübung einmal aus. Mit dem Fuß stieß er sich vom Sattel ab, sodass der Lenker des Rads zur Seite knickte und ein klackendes Geräusch machte – zum Glück, ohne dass das Rad umfiel. Mit beiden Armen stemmte er sich hoch und drehte sich so zur Seite, dass er mit einer Pobacke auf dem Sims saß. Von hier aus wand er sich wie ein Schlangenmensch mit dem Kopf voraus durchs Fenster, zog schließlich die Knie nach und ließ sich leise drinnen auf den Fußboden herab. Die Abstellkammer war mit Gerümpel vollgestopft, doch Viktor hatte sich gemerkt, dass in der Mitte ein Gang frei lag, der zur Tür führte. Licht machte er keines.

Vorsichtig drückte er die Klinke und schob die Tür ein paar Zentimeter auf. Dann hielt er den Atem an und lauschte. Als er überzeugt war, dass ihn niemand bemerkt hatte, trat er in den Flur. Er wusste, wonach er suchte, aber er wusste nicht, wo er das, was er suchte, finden konnte. Seine Hoffnung war, dass Konrad seinen Schlüsselbund neben der Tür auf einem Tisch ablegte oder an einen Haken oder ein Schlüsselbrett hängte. Wenn er ihn in der Hosentasche behalten hatte, konnte Viktor seinen Plan vergessen.

Der Flur war stockdunkel. Doch nach einiger Zeit

konnte Viktor die Umrisse der Möbel erkennen und schob sich Schritt für Schritt über den knarrenden Fußboden vorwärts. Nachdem er sich durch die halbe Wohnung getastet hatte, stießen seine Finger schließlich in der Küche neben dem Herd auf etwas Metallenes: Tatsächlich, es war Konrads Schlüsselbund! Viktor steckte ihn ein. So schnell er konnte, verließ er das Haus wieder über die Abstellkammer. Mit einem Satz sprang er vom Fenstersims über das angelehnte Fahrrad hinweg hinunter. Er landete auf weichem Gras.

Der Mond war ein gutes Stück weiter über den Himmel gekrochen. Nach kurzer Zeit erreichte Viktor Streuners Käfig. Er war aufgeregt, aber jetzt achtete er nicht mehr darauf, leise zu sein. Eilig probierte er einen Schlüssel nach dem anderen aus, was gar nicht so einfach war, weil seine Hände zitterten. Als es schließlich klappte, war er selber verblüfft. Die erste Gittertür schwang auf.

Viktors Plan war ganz einfach: Er würde die Türen des Geheges öffnen und Streuner freilassen. Von hier aus musste der Wolf nur am Kassenhäuschen vorbei durch das Tor, das Viktor für ihn aufschließen würde, und über den Parkplatz, um dann ein für alle Mal im Wald zu verschwinden.

Viktor wollte gerade die zweite Tür öffnen, als ihn der Strahl einer Taschenlampe traf. Erschrocken drehte er sich um. Weil das Licht ihn blendete, hielt er sich den Arm vor die Augen. Dann hörte er Klaras Stimme.

21.
Angriff

«Was tust du da?», fragte Klara, obwohl sie die Antwort bestimmt schon wusste.

«Klara?», fragte Viktor. «Was machst du denn hier?»

«Was denkst du wohl?» Sie schaltete die Taschenlampe aus.

«Ich wollte dir nichts sagen, weil ich dachte …» Auf einmal war Viktor erleichtert. Wie hatte er sich doch in Klara getäuscht! Natürlich hätte sie ihn unterstützt! Sie musste ihn im Haus gehört haben und war ihm nachgegangen, um ihm zu helfen.

«Hast ganz schön Radau gemacht», sagte sie.

Viktor schloss die zweite Tür des Geheges auf, ohne sie jedoch schon ganz zu öffnen, so wie er es bei Konrad abgeschaut hatte. Alle Türen waren entriegelt, doch noch gab es eine Sicherheitsbarriere zwischen ihnen und dem Wolf.

«Vielleicht kannst du das Tor an der Kasse aufschließen – dann kann ich solange Streuner holen.» Er hielt Klara den Schlüsselbund hin.

«Spinnst du? Ich schließe gar nichts auf!»

Viktor glaubte, sich verhört zu haben. «Was? Warum?»

«Der Wolf bleibt da, wo er ist! Und du kommst da wieder raus, und zwar sofort!»

«Aber …», sagte Viktor verblüfft. Erst jetzt begriff er, dass er sich geirrt hatte. Der Grund, aus dem Klara ihm gefolgt war, war ein anderer: Sie wollte ihm gar nicht helfen, sondern seinen Plan verhindern! Und bevor er die ganze Situation erfasst hatte, nahm Klara ihm schon den Schlüsselbund aus der Hand. Er hatte ganz einfach zu langsam geschaltet.

«Streuner bleibt nicht hier!», sagte Viktor, zwar mit Verspätung, aber dafür umso bestimmter. Wenn Klara ihm nicht half, dann würde er Streuner eben alleine retten. Schließlich ging es um dessen Leben.

Doch da machte Klara einen Schritt zurück, warf die äußere Tür der Schleuse zu und schloss sie von außen ab. Jetzt war nicht nur Streuner, sondern auch Viktor im Käfig gefangen!

«He, was soll das!?», schrie er Klara an.

«Halte die innere Tür geschlossen, dann bist du in der Schleuse geschützt», sagte Klara. Da war sie wieder, diese Kälte in ihrer Stimme. Dann leuchtete sie mit der Taschenlampe wie mit einem Suchscheinwerfer in den Käfig. Der Lichtkegel glitt über den Boden. Er erhellte die Büsche und Streuners Hütte. Alles wirkte in dem fahlen Licht mit den harten Schatten gespenstisch.

Auf einmal tauchte Streuner in dem Lichtkegel auf. Er trabte geduckt durch den hellen Ausschnitt, seine Pupillen leuchteten grün, und bevor ihm Klara mit der Lampe folgen konnte, war er auch schon wieder im Dunkeln verschwunden. Als sie ihn wieder im Lichtschein einfing, wurde deutlich, dass er immer auf der gleichen Strecke unterwegs war: Er lief zwischen drei Punkten des Käfigs hin und her. Als Klara das Muster einmal erkannt hatte, hatte sie keine Mühe mehr, seinem Weg mit dem Lichtstrahl zu folgen. Dabei sah er unverwandt zu ihnen herüber. Streuners Augen funkelten im Gegenlicht. Seine Zunge hing aus seinem Maul und leuchtete rot. Die Aufregung am Gitter hatte auch ihn angesteckt.

Dann schaltete sie die Lampe aus. «Ich hole jetzt Konrad. Bis gleich.»

«Warte!»

«Was ist?» Ärgerlich drehte sie sich noch mal um.

«Du weißt genau, was das für Streuner bedeutet. Es ist sein Todesurteil!»

«Das ist nicht unsere Entscheidung. Aber deswegen können wir nicht einfach einen Wolf freilassen!»

«Und wieso nicht? Wenn wir ihn dadurch retten!»

Klara klang wütend: «Erstens retten wir ihn so bestimmt nicht. Er wird wahrscheinlich draußen abgeknallt. Und zweitens ist es immer noch ein Wolf. Und Wölfe sind Raubtiere. Wer sagt, dass er nicht einfach unsere Ziegen oder Rehe angreift? Wie willst du ihn überhaupt aus dem Park herauskriegen? Angenommen, er verkriecht sich irgendwo, und dann? Müssen wir den Park sperren und die Polizei rufen, und die erschießen ihn dann!»

«Das kannst du doch nicht wissen», sagte Viktor. Aber er sah ein, dass sein Plan vielleicht nicht so einfach auszuführen war, wie er geglaubt hatte. Er müsste Streuner irgendwie zum Tor lenken, vielleicht mit einem Stück Fleisch. Es konnte schließlich nicht so schwierig sein, ihm die Richtung zu zeigen.

«Und außerdem ...» Klara zögerte.

«Was?»

«Du hast gesehen, wie er Konrad bedroht hat. Woher willst du wissen, dass er dich nicht angreift?»

«Ganz einfach: Weil er das niemals tun würde!»

«Da wäre ich mir nicht so sicher», wandte Klara ein.

«Und wenn ich es dir beweise?»

«Wie denn?»

Immer noch hielt Viktor den Metallrahmen der inneren Tür umklammert. Mit Schwung stieß er sie jetzt auf. Zwischen ihm und Streuner gab es nun keinen Schutz mehr.

«Bist du verrückt?», schrie Klara. «Mach die sofort wieder zu!»

Viktor drehte ihr den Rücken zu. Er hatte Streuner lange genug studiert, und er würde ihr zeigen, dass sie mit ihrer Angst unrecht hatte.

«Hallo, Streuner», sagte er leise und streckte den Arm in dessen Richtung aus. Dann ging alles so schnell, dass er überhaupt keine Zeit mehr hatte zu reagieren. Ohne jede Vorwarnung kam der Wolf herangeschossen. Alles war Kraft und Gewalt. Wie ein Katapult schnellte Streuner in die Luft und schnappte im Sprung nach Viktors Arm. Vik-

tor sah in seine Augen, die wie Schlitze waren, und er sah die Zähne, die sich weiß und spitz in sein Fleisch bohrten, ohne dass er etwas spürte. Die Wucht des Angriffs riss ihn um. Nur weil seine freie Hand noch einen Gitterstab der Tür umklammerte, fiel er nicht ganz zu Boden.

«Viktor!», schrie Klara.

Viktor hielt die Metallstange umklammert.

«Dann verreck doch!», schrie er Streuner unter wütenden Tränen ins Gesicht, so laut er konnte.

Der Wolf sah ihn an. Seine Nackenhaare blieben aufgestellt, doch seine hochgezogenen Lefzen senkten sich über die Zähne, und die Bosheit wich aus seinem Blick. Mit einem einzigen, kurzen Bellen zog er sich zurück. Genauso zielstrebig, wie er gekommen war, verschwand er wieder.

Viktor stolperte rückwärts in die Schleuse. Immer noch hielt er die Tür umklammert, hing an einem Arm in der Luft und zog sie hinter sich zu. Als das Schloss klackte, ließ er sich auf den Boden fallen. Er blutete.

Dann wurde er ohnmächtig.

22.
Schmerzen

Die Notfallstation des Krankenhauses war grün und gelb gekachelt. Viktor konnte das Muster, in dem die Farben angeordnet waren, nicht ergründen. Es war, als würde ein Dutzend Hütchenspieler gleichzeitig vor seinen Augen Streichholzschachteln verschieben.

Viktors Arm wurde geröntgt, die Wunden wurden gereinigt und an mehreren Stellen genäht. Er bekam eine Tetanusspritze und eine weitere Impfung gegen Tollwut, obwohl er immer wieder versicherte, dass der Wolf keine Tollwut hatte. «Besser ist es», sagte der Arzt.

Nachdem der Wolf Viktor gebissen hatte, war Klara sofort zu ihrem Vater gelaufen. Doch der Streit zwischen den Kindern hatte ihn schon geweckt, und er war bereits unterwegs zum Gehege. Er verband Viktors Arm und rief einen Notarzt und Viktors Mutter an. Ein Krankenwagen brachte Viktor mit Blaulicht ins Krankenhaus.

Seine Mutter eilte von der inneren Station, auf der sie Dienst hatte, zur Notaufnahme. Als Viktor aus dem Krankenwagen geschoben wurde, wartete sie schon auf ihn.

In Momenten wie diesem war Viktor besonders froh, dass sie seine Mutter war. Sie blieb ruhig und sachlich, stellte den Sanitätern ein paar Fragen, fühlte seine Stirn und drückte tröstend seine Hand. Obwohl sein Donezk-T-Shirt und seine Jeans voller Blut waren, geriet sie nicht in Panik. «Okay, alles halb so schlimm», sagte sie zu ihm, nachdem sie wusste, was passiert war. Sie strich ihm übers Haar, und er lächelte sie mühsam an.

Anschließend bekam er einen richtigen Verband und eine Schlinge, in die er den Arm legen konnte. Seine Mutter holte ihn nach dem Ende ihres Dienstes im Ruheraum ab und brachte ihn nach Hause. Zum Frühstück kochte sie ihm eine große Portion Muschelnudeln (seine Lieblingsnudeln) mit Butter und Ricottakäse. Er hatte einen riesigen Hunger, und danach schlief er neben ihr ein.

Die nächsten Tage waren für Viktor wenig erfreulich. Der Direktor des Wildparks verbot ihm schriftlich, das Gelände noch einmal zu betreten. Alle Angestellten wurden darüber informiert, einschließlich Konrad und natürlich die Frau vom Kassenhäuschen.

Auch seine Mutter verbot ihm, den Tierpark weiter zu besuchen. Sie telefonierte darüber ausgiebig mit Konrad. Sie wollte sicher sein, dass er es ihr sofort melden würde, falls Viktor dort auftauchte, und der Tierpfleger versprach es ihr. Verärgert stellte Viktor fest, dass in ihrer Sorge um ihn auch ein winzig kleiner Triumph mitschwang: «Hast du jetzt endlich gemerkt, dass der Wolf gefährlich ist?», fragte sie ihn. Sein verbundener Arm war der Beweis dafür, dass sie mit ihren Warnungen von Anfang an recht gehabt hatte.

Viktor konnte ihr nur schwer widersprechen. Gleichzeitig fragte er sich, wie er sich so in Streuner getäuscht haben konnte. Er war ganz sicher gewesen, dass der Wolf ihn in seiner Nähe dulden würde. Lag es daran, dass die Gitterstäbe zwischen ihnen fehlten und Streuner sich nur sicher fühlte, wenn sie ihn schützten? War es zu früh gewesen? Was hatte Viktor falsch gemacht?

Nur einen Lichtblick gab es bei der ganzen Geschichte: Klara. Sie hatte ihrem Vater und auch allen anderen gegenüber erzählt, sie und Viktor hätten die Freilassung des Wolfes gemeinsam geplant, und sie hätte von ihrem Vater dafür die Schlüssel geklaut. Auf diese Art wurde Viktor wenigstens kein Einbruch in das Haus des Tierpflegers zur Last gelegt. Dass er heimlich dort durchs Fenster eingestiegen war, blieb Klaras und sein Geheimnis.

Viktor war froh über Klaras Schwindelei, auch wenn er sich wunderte, weshalb sie die Schuld für etwas auf sich nahm, das sie gar nicht getan hatte. Klara hätte sich als heldenhafte Retterin darstellen können, die einen Einbrecher gestellt hatte. Und einen Betrüger dazu, der sich vor seiner Tat als angeblicher Helfer in den Wildpark eingeschlichen und sich so Zugang zu den Gehegen verschafft hatte.

«Bin ich das?», fragte Viktor sich. «Ein Betrüger?» Ja, dachte er dann, denn er ließ Klara mit der Anschuldigung allein, anstatt einfach alles zuzugeben. Aber dadurch würde er alles nur noch komplizierter machen. Oder er war einfach nur zu feige und hatte Angst, auch noch als kriminell zu gelten. Er war in ein Haus eingebrochen. Er war ein Dieb.

Sicher bekam Klara von Konrad eine saftige Strafe, und bestimmt durfte sie nicht mehr so einfach bei den Käfigen ein und aus gehen wie zuvor. Aber es war nichts im Vergleich zu der Strafe, die ihn erwartet hätte. Irgendwann würde er sich bei ihr dafür bedanken.

Das Allerschlimmste aber war, dass es für Streuner nun

keine Hoffnung mehr gab. Der Wolf galt jetzt mehr oder weniger als gemeingefährlich und sollte so schnell wie möglich beseitigt werden. Niemand fragte mehr, ob das eine angemessene Lösung für das Tier war oder nicht. Nur noch, wann Streuner die tödliche Spritze bekommen würde. Im Radio sagte der Direktor des Tierparks, für den Wolf wäre es «das Beste, ihn jetzt möglichst bald zu erlösen».

Viktor dachte ununterbrochen daran, dass der Wolf vielleicht genau jetzt, in diesem Moment, in dem er in sein Brot biss oder in dem er seine Zähne putzte, in seinem Käfig einschlief und nicht wusste, dass er nicht mehr aufwachen würde.

Aber Viktor hatte niemanden, nicht einmal mehr seine Mutter, mit der er darüber sprechen konnte. Es war, wie wenn ein Fußballspiel abgepfiffen wurde, das Ergebnis feststand und die Spieler der Verlierermannschaft auf dem Rasen lagen und sich die Trikots über das Gesicht zogen. Es war nichts mehr zu machen. Aus und vorbei.

Wie war es möglich, dass das Schicksal ihm wieder jemanden nahm und dass er wieder nichts dagegen tun konnte? So machtlos hatte er sich auch damals gefühlt, als sein Vater den Unfall hatte. So, dass er darüber fast verrückt wurde. Wie oft hatte er sich vorgestellt, sein Vater käme einfach wieder zur Tür herein und nähme ihn in den Arm. Doch als er davon erfuhr, war alles schon passiert.

Aus und vorbei.

Anders als damals hätte er dieses Mal die Chance gehabt, alles zu verhindern. Vorher einzugreifen. Die Katastrophe abzuwenden. Doch er hatte es vermasselt. Mehr noch: Es war seine Schuld, dass alles so schlimm gekommen war.

Zu allem Überfluss hatte es in der Zeitung einen Artikel über seinen missglückten Befreiungsversuch im Wildpark gegeben. Viktors Name wurde darin zwar mit «V.» abgekürzt, doch für seine Klasse war klar, wer damit gemeint war.

Im Unterricht fing Ronnie hinter ihm auf einmal ganz leise an, wie ein Wolf zu heulen. Viktor hörte es und noch ein paar andere, die in der Nähe saßen. Einige begannen zu lachen, und nacheinander stimmten immer mehr in das Konzert ein, sodass irgendwann die ganze Klasse wie ein Rudel Wölfe heulte.

Viktor versuchte, die Tränen hinunterzuschlucken, doch es gelang ihm nicht. Seine Augen füllten sich. Er sprang von seinem Platz auf, dass der Stuhl hinter ihm auf den Boden krachte, und fuhr über den Tisch hinweg frontal auf Ronnie los und erwischte ihn an der Lippe. Ronnie schlug zurück. Da Viktor nur einen Arm zur Verfügung hatte, war er schnell unterlegen. Wie ein Bündel wälzten sie sich auf dem Tisch, sodass Stifte, Bücher und Ronnies Sonnenbrille herunterfielen. Herr Bührer ging energisch dazwischen und zerrte die beiden Kampfhähne auseinander.

«Viktor!», herrschte Herr Bührer ihn an. «Was ist bloß los mit dir?»

Jemand heulte wieder wie ein Wolf. Manche lachten.

«Halt die Klappe!», brüllte Viktor, ohne genau zu wissen, zu wem. Mit dem Ärmel wischte er sich ein paar Tränen von den Wangen.

«Ich habe dich was gefragt», sagte Herr Bührer. «Hast du uns vielleicht etwas zu sagen?»

Viktor hob seinen Stuhl auf und wollte sich wieder

hinsetzen, doch Herr Bührer hielt ihn auf: «Du bleibst stehen!»

Widerwillig stellte sich Viktor neben seinen Stuhl. Herr Bührer ging wieder nach vorne.

«Als Erstes entschuldigst du dich bei Ronnie», sagte er.

«Entschuldigung», murmelte Viktor schließlich leise.

«Ronnie, nimmst du die Entschuldigung an?»

«Von mir aus», sagte Ronnie.

«Gut.» Herr Bührer stand jetzt aufrecht hinter seinem Pult. «Dem Geheul in der Klasse nach zu urteilen, geht es um das hier.» Er nahm den Zeitungsartikel hoch und faltete ihn mit dem Schwung einer Hand auf. Viktor sah beschämt zu Boden. «Und wenn ich das richtig verstehe, wollen alle gerne wissen, was es damit auf sich hat. Richtig?»

Er sah sich im Klassenzimmer um. Es gab zustimmendes Gemurmel. Viktor hätte sich die Situation kaum schlimmer ausmalen können. Sollte er etwa der ganzen Klasse von Streuner erzählen?

«Also?» Herr Bührer sah ihn auffordernd an.

Viktor schwieg.

«Wenn ich richtig verstanden habe, wolltest du den Wolf freilassen. Ist das wahr?»

Viktor nickte kaum merklich.

«Also ja. Und warum?»

«Weil er umgebracht werden soll. Er hat aber nichts getan!», platzte Viktor plötzlich heraus.

«Er hat dich immerhin gebissen. Ist das nichts?», fragte Herr Bührer.

«Aber das war nicht seine Schuld», sagte Viktor und sah wieder zu Boden.

«Ach so? Wessen Schuld war es dann?»

«Meine.»

«Wieso denkst du, dass es deine Schuld war?», wollte Herr Bührer wissen.

Viktor sah in die Klasse. Alle starrten ihn an. Als Jessica seinen Blick auffing, lächelte sie ihm aufmunternd zu.

«Na ja», begann Viktor, «ich weiß nicht genau, was der Grund war. Ich weiß aber, dass Streuner mich normalerweise …»

«Streuner?», unterbrach ihn Herr Bührer.

«So habe ich den Wolf genannt. Weil er auf dem Güterbahnhof herumgestreunt ist.»

«Aha, darum. Und weiter?»

«Ich weiß, dass er mich normalerweise nicht gebissen hätte, deswegen bin ich sicher, dass es meine Schuld war. Weil ich irgendwas falsch gemacht habe. Aber ich bin bisher nicht draufgekommen, was.»

«Du hast ganz schön Glück gehabt. Er hätte dich auch umbringen können.»

«Das glaube ich nicht», sagte Viktor. «Wenn er mich hätte umbringen wollen, dann hätte er es getan. Wölfe springen Tieren, die sie töten wollen, direkt an die Kehle. Weil sie da am verwundbarsten sind. Streuner kam wie ein Düsenjet durch die Luft auf mich zugesaust. Weil es dunkel war, habe ich ihn gar nicht kommen sehen. Er hätte freie Bahn gehabt, direkt hierher!» Mit seiner gesunden Hand griff sich Viktor an die Kehle, als würden die Kiefer des Wolfs dort zuschnappen.

«Vielleicht hat er nur sein Ziel verfehlt?», meinte der Lehrer.

«Das glaube ich nicht», sagte Viktor. «Wölfe sind unheimlich geschickt. Ein Wolf ist wie eine Maschine, wenn es ums Töten geht. Obwohl Streuner als Welpe wohl kaum Training hatte, weil er nicht bei seinen Eltern war. Aber er würde niemals ein Ziel verfehlen.»

«Er scheint dich trotzdem ganz schön verwundet zu haben, dem Verband nach zu urteilen.»

«Wenn er gewollt hätte, hätte er mir locker den Arm durchbeißen können», sagte Viktor. «Wölfe haben eine Beißkraft von fast zwei Tonnen! Sie können Knochen einfach so zerknacken. Ist für sie kein Kunststück. Das ist wie wenn wir Erdnüsse knabbern. Er hat also sozusagen nur gekratzt, eigentlich. Ich weiß nicht, warum, aber am wahrscheinlichsten ist, dass er mir nur etwas klarmachen wollte. Er hat zwar zugeschnappt, aber er hat mich nicht wirklich verletzen wollen.»

«Das klingt so, als hättest du dich ganz schön viel mit Wölfen beschäftigt.»

«Habe ich auch. Aber schade ist, dass ich ihn nie füttern konnte. Ich habe immer gehofft, dass Konrad – also der Tierpfleger im Wildpark – mich ihn mal füttern lässt. Ich hätte es gern erlebt, wie es ist, einen Wolf zu füttern. Sie fressen ziemlich schnell und schlingen alles runter, mitsamt den Knochen und dem Fell und so weiter … also vom Kaninchen zum Beispiel. Es bleibt nichts übrig.»

Ein paar Kinder verzogen angewidert das Gesicht.

«In der Natur ist das ganz normal», erklärte Viktor. «Ist bei Hundefutter ja auch so. Es sind eben Fleischfresser. Und man kann nun mal kein Fleisch essen, ohne vorher ein Tier zu töten. Wenn man sich das überlegt, gibt es eigentlich keinen Grund, sich davor zu ekeln. Außerdem jagen sie immer nur genau so viel, wie sie auch fressen können. Na ja, manchmal vergraben sie auch etwas für später. Aber sie lassen es nie schlecht werden.»

«Hm», sagte Herr Bührer und schaute sich in der Klasse um. «Hat von euch noch jemand eine Frage an Viktor?»

«Was ist eigentlich der Unterschied zwischen einem Hund und einem Wolf?», fragte jemand.

«Hunde sind eben als Haustiere gezüchtet. Sie sind im Vergleich zu Wölfen sozusagen wie Stadtautos, also ein Smart oder ein Golf, im Vergleich zu einem Formel-1-Rennwagen!»

«Vielleicht sollten wir mal einen Ausflug zum Wildpark machen, solange der Wolf noch da ist. Und Viktor hier kann uns etwas über ihn erzählen?», schlug Herr Bührer vor.

«Das geht wohl leider nicht mehr», sagte Viktor.

«Weil er Hausverbot hat!», rief Ronnie.

«Na, vielleicht ließe sich da ja was machen», warf Herr Bührer ein.

«Nein, nicht deswegen», erklärte Viktor. «Der Wolf ist in der Quarantänestation, und da dürfen keine Besucher hin.»

«Dann machen wir vorher einen Termin aus, und der Tierpfleger, also …» Der Lehrer suchte nach dem Namen, den Viktor kurz zuvor genannt hatte.

«Er heißt Konrad», half Viktor aus. «Konrad Paul.»

«Konrad soll uns alle zusammen hinführen. Wie wäre das?»

«Ich glaube nicht, dass er das machen würde. Er lässt niemanden an Streuner ran. Es gab immer wieder neugie-

rige Leute, die versucht haben, ihn zu sehen, obwohl es verboten ist. Und er hat sie immer weggeschickt. Mich auch, am Anfang. Einmal kam sogar ein Fernsehteam. Sie wollten fiese Bilder von Streuner, wie er wütend ist und die Zähne fletscht, und einer hat mit einem Stock gegen das Gitter geschlagen. Da hätten Sie Konrad mal sehen sollen! Er achtet auf Streuner. Der wird nämlich leicht nervös. Wie man sehen kann.»

Viktor hob den Arm hoch, und ein paar Schüler lachten.

«Trotzdem: Fragen kostet ja nichts», sagte Herr Bührer. «Aber wenn du so viel über Wölfe weißt, hättest du dir eigentlich auch schon vorher denken können, dass er gefährlich ist.»

«Das finde ich ja gerade das Tolle an Streuner. Dass er wild ist! Man kann ihn nicht zähmen!»

«Interessant.»

«Sogar Tiger und Löwen, im Zirkus zum Beispiel. Sie sind auch wilde Tiere, aber man kann sie dressieren. Mit Belohnung und Strafe, wie es ein Dompteur eben macht, und mit einer Peitsche. Ein Zirkus hat es mal mit einem Wolf versucht, aber es war aussichtslos. Es war bloß Tierquälerei, und am Ende haben sie aufgegeben, und der Wolf wurde befreit. Ein Wolf würde nie etwas tun, was er nicht will. Man kann ihn zu nichts zwingen. Man kann ihn nicht umkrempeln.»

«Hm», sagte Herr Bührer. «Gut. Dann kannst du dich wieder setzen.»

«Kann ich noch etwas anderes sagen?», fragte Viktor, der immer noch stand.

«Bitte», antwortete Herr Bührer verwundert. «Wenn du magst.»

«Also, Streuner soll, wie ihr ja schon wisst, eingeschläfert werden.» Viktor wandte sich jetzt an die ganze Klasse. «Aber es ist unfair. Er ist erst ein Jahr alt und gesund. Es gibt keinen Grund dafür, außer dass nie-

mand sich um ihn kümmern will. Er bräuchte nur einen Platz, an dem er bleiben kann, und man müsste etwas Geduld mit ihm haben. Er hat schlimme Sachen erlebt. Aber das war nicht seine Schuld, sondern die von Menschen. Und die bestraft niemand oder nur minimal. Außerdem stehen Wölfe unter Naturschutz, in der allerhöchsten Kategorie. Es ist zwar ein Gesetz, aber man macht einfach eine Ausnahme, und dann kann man ihn töten. Das ist gemein und nicht richtig, und deswegen will ich euch alle bitten, dass ihr etwas dagegen tut. Ich weiß nicht, was man tun kann. Vielleicht Briefe schreiben oder demonstrieren oder so was. Das war's.»

Und damit setzte er sich wieder auf seinen Platz. In der Klasse war es ganz still. Viktors Arm juckte unter dem Verband.

Als die Schule zu Ende war und Viktor gerade sein Fahrrad aufschloss, kam ein halbes Dutzend seiner Klassenkameraden auf ihn zu. Vorneweg gingen Ronnie und Tom, und Viktor fragte sich, was es zu bedeuten hatte.

«Hey, Kubinski», rief Ronnie, «du kennst dich ja gut aus.»

«Und wennschon», sagte Viktor.

Dann fing Ronnie an, Viktor zu ärgern: «Vielleicht machen wir ja alle eine Exkursion? Und dann kann der schlaue Viktor uns alles erklären? Er ist nämlich sooo schlau, der schlaue Viktor!»

Ohne zu antworten, wollte Viktor auf sein Fahrrad steigen und davonfahren. Mit einem Arm war das gar nicht so einfach. Er hatte Probleme mit dem Gleichgewicht.

«Nicht so schnell, du Angeber!» Ronnie stellte sich breitbeinig vor ihm auf.

«Lass mich durch!», rief Viktor.

«Wo willst du denn so eilig hin? Wir wollen doch nur ein bisschen plaudern.»

«Stimmt, Wölfe und so», sagte Tom und gesellte sich zu Ronnie. Langsam wurde es Viktor mulmig.

«Lasst Viktor in Ruhe!», rief auf einmal Jessica, die um die Ecke bog. Viktor sah sie überrascht an. Dann schubste sie erst Ronnie und dann Tom zur Seite und stellte sich vor Viktor.

«Ihr seid so feige! Und dämlich dazu!», rief sie den anderen zu. «Statt auf Viktor herumzuhacken, sollten wir lieber mal überlegen, wie wir dem Wolf helfen können. Ich schlage vor, dass wir alle zusammen einen Brief an den Direktor des Wildparks schreiben. Also, wer macht mit?»

Jessica hob als Erste die Hand, und nach und nach gingen auch die anderen Hände hoch. Als Letzte willigten Tom und Ronnie in den Plan ein. Jessica grinste Viktor an.

23.
Parfüm

Seit dem Tumult in der Nacht war Streuner verstört. Etwas Schreckliches war passiert, doch er wusste nicht genau, was. Alles war durcheinandergegangen: Es gab hektische Geräusche am Eingang zu seinem Gehege, sodass er sich in den hinteren Teil zurückzog. Aber viel schlimmer war der Geruch, der furchtbare Erinnerungen weckte.

Im Grunde hatte in dieser Nacht gar nichts zusammengepasst. Die Nächte waren bisher still gewesen. Diesmal gab es laute Stimmen und Aufregung. Plötzlich strahlte ein grelles Licht in seinen Käfig und suchte alles ab. Er hatte keinen Raum, um ihm auszuweichen. Wenn er etwas brauchte, um sich sicher zu fühlen, dann war es Platz. Viel Platz. Am besten Hunderte Quadratkilometer freies Gelände, in das er sich zurückziehen konnte.

Die Stimmen stritten und wurden immer lauter. Eine gehörte dem Jungen, an dessen Anwesenheit er sich in den Tagen zuvor gewöhnt hatte. Sie hatte ihn beruhigt. Niemand hatte je so sanft mit ihm gesprochen. In der Tonlage des Jungen lag eine Zärtlichkeit, die ihn berührte. Ein tröstliches Gefühl stieg dann in Streuner auf. Zum ersten Mal seit langem hatte er das Gefühl gehabt, nicht vollkommen allein auf der Welt zu sein.

Doch in dieser Nacht stimmte etwas mit dem Jungen nicht. Seine Stimme klang schneidend, anders als sonst. Er schwitzte und verströmte einen Geruch, wie ihn Leute verströmten, die etwas Schlechtes taten. Und dann war da noch dieser andere süße Geruch. Es war das Parfüm seines früheren Besitzers – des Mannes mit der Leine. Der künstliche Duft seines Peinigers, dem er in der Nacht des Sturms entflohen war.

War er gekommen, um ihn zurückzuholen? Und was hatte der Junge damit zu tun? Streuner konnte den Geruch nicht einordnen. Immer intensiver stieg er in seine empfindliche Nase, belästigte ihn wie furchtbarer Lärm, dem er nicht ausweichen konnte. Seine Nerven waren bis zum Äußersten angespannt.

Wann immer er unruhig war, übertrug sich diese Unruhe in seinen Körper. Er musste sich bewegen. Seine Beine übernahmen das Kommando. Schnell, bereit, jeden Moment die Richtung zu ändern, entweder auszuweichen oder zuzuschlagen. Sie liefen, ein Bein vor das andere, hin und her, im Trab. Wachsam beobachtete er den Jungen und das Mädchen, das dazu gekommen war. Er spürte vage, dass seine Sicherheit bedroht war, auch wenn er noch nicht sagen konnte, wie und warum. Und sie zu gewährleisten, war sein wichtigster Überlebenstrieb.

Er lief im Dreieck, weil es ihm möglichst große Bewegungsfreiheit bot. Ein Licht blendete ihn und verfolgte ihn auf seinem Weg. Dann öffnete sich das Tor. Der Junge kam direkt auf ihn zu. Streuners Territorium wurde verletzt. Es war nicht so, dass er es dem Jungen grundsätzlich nicht gestattet hätte, doch jetzt geschah es in unklarer Absicht. Und unklar war feindlich.

Streuner brauchte in jeder Situation absolute Klarheit. Jede Geste, jede Handlung von ihm war eindeutig. Und so verlangte er es auch von seiner Umwelt, wenn er sich sicher fühlen sollte. Alles andere war Gefahr. Es war eine Spezialität der Menschen, eine Sache zu behaupten und eine andere zu tun. So viel hatte er über sie gelernt. Sie waren Doppelwesen, manchmal falsch und manchmal nur verwirrt oder überfordert.

Er hatte gelernt, den Zweibeinern nicht zu trauen, doch er war bereit, dem Jungen Zeit zu geben, ihn zu beobachten und abzuwarten. Vielleicht gab es eine Ausnahme. Es wäre eine Überraschung, aber vielleicht nicht unmöglich. Und jetzt war der Junge dabei, diese Hoffnung zu zerstören. Streuner wusste nicht, was vorging, wusste es immer weniger. Er wusste nur, dass er sich schützen musste. Und das Mittel dafür waren seine Zähne.

Er wollte den Jungen nicht ernsthaft verletzen. Er wollte ihm gar keinen Schmerz zufügen. Aber er musste dem Jungen klarmachen, dass dies sein Revier war. Und dass er bereit war, es zu verteidigen. Also sprang er ihn an und biss ihn nur ganz leicht, als eindeutige Warnung. Mehr wollte er nicht mitteilen. Und der Junge hatte das Zeichen verstanden.

Seit dieser Nacht hatte sich das Leben des Wolfs verändert. Der Junge war nicht mehr aufgetaucht, und er fühlte sich noch einsamer als zuvor. Er lag da, sah durch die Gitterstäbe auf den Fleck im Gras, in dem die Halme zusammengedrückt waren, weil der Junge dort gesessen hatte. Es hatte sich friedlich angefühlt.

Seit jener Nacht kümmerte sich niemand mehr richtig um ihn, als hätte die Welt ihn aufgegeben. Sein Fressen bekam er wieder durch die Futterklappe, und das Fleisch wurde manchmal durch staubiges Trockenfutter ersetzt, das er notdürftig hinunterwürgte. Sogar am Futter spürte er die Ablehnung, die ihm entgegenschlug wie ein Winterwind.

Von daher überraschte es ihn nicht, als die Frau vom Güterbahnhof, deren Geruch er gleich erkannte, wieder an seinem Gehege erschien. Nur zu genau erinnerte er sich, wie sie mit einem Blasrohr im Fenster des Wärterhäuschens aufgetaucht war.

Gleich mehrere Leute standen jetzt um das Gehege herum. Manche kannte er, wie das Mädchen und den Tierpfleger, und manche sah er zum ersten Mal. Jetzt hatte die Frau eine noch größere Waffe dabei als damals. Es war eine Waffe, wie er sie schon einmal gesehen hatte. Am Tag der großen Explosion.

Als er das Gewehr sah, erinnerte er sich, wie es damals abgefeuert worden war. Ein Bild tauchte in ihm auf. Die Explosion riss damals ein großes Loch in seine Mutter. Sie stürzte und stand nicht wieder auf. Sein Vater kam dazu, um ihn und seine Geschwister zu verteidigen. Er erinnerte sich daran, wie mit ihm das Gleiche geschah. Ein Schuss. Der Geruch von Schwarzpulver. Und dann lag auch er da, zwischen verwelktem Laub, das Streuner kurz vorher noch übermütig aufgewirbelt hatte. Aus und vorbei.

Die Frau hob das Gewehr und setzte den Kolben an die Schulter. Der Schuss machte nur ein kleines Geräusch. Im selben Moment spürte Streuner die Nadel in seiner Haut.

24.
Leben

Viktor saß zu Hause an seinem Computer und fühlte sich schrecklich. Konnte er wirklich nichts mehr für Streuner tun? Weil ihm nichts Besseres einfiel, suchte er im Internet nach dem Tierhändler, der sich Marco nannte und der Streuner an Ralf Borchart verkauft hatte, als er noch ein Welpe war. Auch wenn das Streuner nichts mehr nützte, konnte er vielleicht wenigstens verhindern, dass anderen Tieren das Gleiche passierte.

Wenn er jedoch die Begriffe «Marco» und «Wolf» bei Google eingab, stieß er einfach nur auf zahllose Leute, die Marco Wolf hießen: ein Musiktherapeut, ein Vermögensberater, ein Rechtsanwalt, ein Schwimmtrainer, ein Sanitär- und Heizungsinstallateur, ein amerikanischer Wissenschaftler. Er fand nichts, das ihm weiterhalf.

Viktor gab nun Begriffe wie «illegaler Tierhandel» und Ähnliches ein, doch er kam immer nur auf Artikel zu diesen Themen oder zu Gruppen, die gegen den Handel mit bedrohten Arten kämpften. Deren Adressen merkte er sich mit Lesezeichen. Vielleicht konnte er sie zusammen mit seiner Klasse um Unterstützung für Streuner bitten, wenn der Brief, den sie dank Jessica geschrieben hatten, keine Eintagsfliege war. Und wenn Streuner dann überhaupt noch lebte.

In den Artikeln las er unter anderem darüber, wie weltweit wilde Tiere geschmuggelt wurden. Auf dem Schwarzmarkt wurden astronomische Summen für Tiere bezahlt, die fast ausgestorben waren.

Er dachte an die Artikel, die seine Mutter für ihn gesammelt hatte. Wer sagte ihm eigentlich, dass Konrad und der Direktor des Wildparks wirklich alles probiert hatten, um einen Platz für Streuner zu finden? Hatte Konrad wirklich jede einzelne Wolf-Auffangstation angefragt? Und jeden Tierpark, der Wölfe hielt? Was war mit Zoos und Nationalparks in anderen Ländern? Und wenn es kein Geld gab, um ein neues Gehege zu bauen – war es nicht vielleicht möglich, einen Spender zu finden, der eines finanzierte?

Hatte Ralf Borchart nicht eine Menge Geld? Und hatte er nicht gesagt, er bewunderte Wölfe? Er hatte inzwischen eine Strafanzeige wegen Verstoßes gegen das Tierschutzgesetz bekommen. Vielleicht konnte Viktor ihn überzeugen, dass er das, was er Streuner angetan hatte, wenigstens ansatzweise wiedergutmachte?

Diesmal erzählte er die Idee gleich seiner Mutter, als sie in seinem Zimmer stand. Er hatte genug davon, allein zu kämpfen. Natürlich war sie dagegen. «Das kommt einfach nicht in Frage», sagte sie entschieden.

«Und warum nicht?»

«Dieser Borchart ist Sache der Polizei. Es ist schlimm genug, dass du da alleine hingegangen bist. Und Leute wie dieser Marco sind gefährlich. Du musst dich einfach damit abfinden, dass du nichts mehr tun kannst. So leid es mir tut.»

«Und wenn ich doch noch etwas tun kann?»

«Die Sache ist gelaufen, Viktor. Ich kann mir einfach nicht ständig Sorgen um dich machen. Das halte ich nicht mehr aus!» Jetzt war es seine Mutter, die fast anfing zu weinen. «Es kann unmöglich so weitergehen mit dir. Das muss sich ändern!»

Vielleicht war in letzter Zeit wirklich ein bisschen zu viel schiefgegangen.

«Und was jetzt?», fragte Viktor kleinlaut.

«Das wüsste ich ganz gern von dir!» Sie warf ihm sein Schachtjor-Donezk-Trikot zu, das mit der Nummer 8, von Fred. «Hier! Ein neues gibt's nicht.»

Das Trikot hatte seit der Nacht, die er in der Notaufnahme verbracht hatte, zerknüllt im Auto gelegen. Im Krankenhaus hatten sie es aufgeschnitten, anstatt es ihm über den Kopf zu ziehen. Heute hatte seine Mutter das Auto gesaugt und es gefunden, mitsamt den getrockneten Blutflecken darauf. Es faltete sich im Flug auf, und bevor es ihn erreichte, landete es auf dem Fußboden. Ohne ihn noch mal anzusehen, ging seine Mutter davon.

Viktor stand von seinem Bett auf, knallte die Zimmertür zu und hob das T-Shirt auf. Ein neues kostete 74 Euro 95 plus Versand. Er hatte im Fanshop des Vereins nachgeschaut. Aber es wäre sowieso nicht zu vergleichen. Kein Geschenk seines Vaters.

Er setzte sich aufs Bett und faltete das Trikot auf. Er betrachtete die verkrusteten Flecken und die ungleichmäßigen Zacken des Schnitts, mit dem eine Krankenschwester den Stoff durchtrennt hatte. Er ließ sich auf die Matratze fallen und legte sich das Trikot über die Augen.

Niederlage.

Aus und vorbei.

Und dann roch er es. Ganz leicht. Es war nur ein winziger Hauch. Sobald er versuchte, ihn bewusst einzuatmen, war der Geruch wieder verschwunden, und er meinte, sich getäuscht zu haben. Doch wenn er aufhörte, sich darauf zu konzentrieren, nahm er ihn wieder wahr.

Das Parfüm.

Es war das Parfüm von Ralf Borchart. Natürlich – Borchart hatte es sich aufgesprüht, er schwitzte, und als er ihm zum Abschied die Hand auf die Schulter legte, rieb ein wenig davon auf sein T-Shirt ab. Er hatte das Trikot damals extra angezogen, damit die Ausrede mit dem Fußball glaubhaft würde. Und in jener Nacht im Wildpark hatte er es zum ersten Mal seitdem wieder getragen, als Glücksbringer. Doch es hatte ihm kein Glück gebracht, im Gegenteil.

Viktor schnellte im Bett hoch. Natürlich! Das war es! Streuner hatte das Parfüm gerochen! Das Parfüm seines früheren Besitzers, der ihn so schlecht behandelt hatte. Egal, wie schwach der Geruch für Viktor auch war – für Streuner war er zehntausend Mal stärker! Wölfe hatten eine so feine Nase, dass sie Gerüche noch in drei Kilometern Entfernung wahrnehmen konnten.

Natürlich musste Streuner darauf ängstlich reagieren! Wenn ein Wolf einmal eine schlechte Erfahrung gemacht hatte, vergaß er sie nie wieder. Er musste glauben, Ralf Borchart wäre zurückgekommen, um ihn abzuholen!

Er warf die Schlinge für seinen Arm ab, schlüpfte in seine Turnschuhe, lief zu seiner Mutter und rief nur ins Zimmer: «Mama, er wollte mich nicht beißen! Das war ein Irrtum!», und dann rannte er, wie immer zwei Stufen auf einmal, die Treppe hinunter und aus dem Haus.

Viktor trat mit voller Kraft in die Pedale. Bis zum Wildpark waren es sieben Kilometer. Er musste unter der Autobahn durch und dann ein Stück durch den Wald, bis er auf der anderen Seite zum ehemaligen Schlossgarten kam, der jetzt Königsgarten hieß und zusammen mit einem Teil des Waldes der Wildpark war.

Streuner war zu Unrecht verurteilt worden, und noch konnte Viktor den Fehler korrigieren. Vielleicht würde er dadurch Streuner noch retten. Viktor sauste einfach mit dem Rad an der verdutzten Kassiererin vorbei auf das Gelände.

Als er zu Streuners Gehege kam, sah er von dem Wolf keine Spur. Auch sonst war niemand zu sehen. Viktor suchte alles ab, doch der Käfig war leer. Das Gras darin war in den vergangenen Tagen deutlich gewachsen. Und dann sah er ihn: Streuner lag auf der Seite zwischen grünen und braunen Halmen. Eine Decke war über seinen Körper gebreitet. Viktor sank neben dem Käfig auf den Boden. Er wollte Streuner sagen, dass er alles verstand und wie sehr es ihm leidtat, dass er ihm in jener Nacht Angst gemacht hatte. Nur durch seine eigene Dummheit. Und jetzt war es zu spät.

«Es tut mir leid», sagte er leise. «Es war meine Schuld.»

Plötzlich hörte er Schritte, doch er fühlte sich zu matt, um den Kopf zu heben. Dann tauchten Klaras braungebrannte Füße in seinem Gesichtsfeld auf.

«Wir haben ihn zugedeckt, damit er nicht friert», sagte sie.

Viktor nickte. Es schien ihm zwar ein seltsamer Gedanke, einen toten Wolf zu wärmen, aber vielleicht war es ein alter Indianerbrauch. Es würde ihn bei Klara und Konrad nicht wundern.

«Im Jenseits?», fragt er.

«Was? Quatsch. Bis er wieder aufwacht.»

Viktor glaubte, sich verhört zu haben. «Bis er …»

«Ja, hast du es nicht gehört? Es gab einen Gerichtsbeschluss oder so was. Jemand hat wohl mit einem Anwalt eine einstige … was weiß ich, irgendwas gemacht, und wir haben alles abgebrochen.»

Viktor fühlte sich immer noch benebelt. «Du meinst, er ist gar nicht tot?»

«Nein, er ist putzmunter. Na ja, nur betäubt halt.»

Viktor rannte zum Käfig und schaute durch die Gitterstäbe. Da bemerkte er, dass die Decke nur Streuners Körper bedeckte, seinen Kopf aber frei ließ. Und wenn man genau hinsah, konnte man erkennen, dass sie sich langsam hob und senkte. Er atmete!

Ein Lachen überzog Viktors Gesicht, und gleichzeitig

flossen Tränen aus seinen Augen. Er fiel Klara um den Hals. Jetzt musste auch Klara weinen und dann lachen, weil es ihr peinlich war. Und während sie die Umarmung lösten, wischte sie die Tränen aus ihrem Gesicht.

«Es ist nur vorläufig», sagte sie. «Nur verschoben.»

Viktor nickte. Im Augenblick zählte für ihn nur, dass Streuner noch am Leben war – jetzt, in diesem Moment. Dann kam Konrad mit entschlossenen Schritten um die Ecke. Bestimmt würde er ihm nun eine Predigt halten und ihn hochkant aus dem Park werfen.

Dass alles ganz anders kam, lag daran, dass der Tierpfleger unter der rauen Schale ein weiches Herz hatte. Er baute sich schon in seiner ganzen mächtigen Statur auf, doch als er die aufgewühlten Gesichter von Viktor und Klara sah, veränderte sich seine Miene, und er breitete beide Arme für sie aus.

«Kommt her, ihr beiden!», sagte er.

Klara drängte sich an seine Seite, und ihr Vater hielt sie fest. Der zweite Arm blieb einladend ausgestreckt. Viktor folgte der Aufforderung und drückte sich an Konrads andere Seite, während dessen kräftiger Arm sich um seine Schultern schloss wie eine Baggerschaufel.

Wenig später saßen sie zu dritt im Gehege neben dem schlafenden Wolf im Gras. Es würde noch einige Zeit dauern, bis er wieder aufwachte. Viktor legte seine Hand auf die Decke über Streuners Bauch, der sich im Rhythmus des Atems hob. Klara hockte sich mit einem Meter Abstand ins Gras und sah ihm zu. Plötzlich ertönte aus Konrads Handy Vogelgesang – sein Klingelton. Streuners Schwanz zuckte und schlug ein paarmal gegen den Boden. Viktor nahm erschrocken die Hand von der Decke. Der Tierpfleger verließ den Käfig, um draußen zu telefonieren, und Streuner beruhigte sich und schlief weiter.

Viktor betrachtete das Tier, das so unberührbar schien, und doch strich er nun mit leichtem Druck sanft über die braunen Nackenhaare. Vorsichtig schlug er die Decke ein Stück zurück. Seine Hand folgte dem Verlauf der Farben. Ein schwarzer Fleck an der Flanke zerfloss zu Braun und dann zu Weiß, wie ein Stück Papier, das man über eine Flamme hielt. Viktor berührte Streuners Wangen. Die weißen Partien des Fells waren die weichsten. Mit der flachen Hand strich er über Streuners Stirn, fühlte die harte Schädelplatte, und seine Finger fuhren über die gewölbten Augenbrauen. Sein Blick ruhte auf den geschlossenen Augen und den schwarzen Ringen, die sie einrahmten. Er legte die Hand auf Streuners Brustkorb und spürte, wie darin gleichmäßig das Herz schlug. Jetzt schloss auch Viktor die Augen.

Er spürte Streuners Puls in seiner Handfläche.

Der Wolf war alles, was er hatte. Als sein Vater starb, war der Tod in sein Leben eingebrochen und hatte alles mit sich fortgerissen. Streuner hatte einen Teil davon zu ihm zurückgebracht.

Die Leute fürchteten sich vor dem Wolf. Für Viktor war es genau andersherum. Streuner war für ihn das Leben. Sein Leben.

Als Viktor die Augen öffnete, standen draußen Sofia und Konrad und sahen zu ihm herüber. Seine Mutter machte ein ernstes Gesicht.

25.
Tierhandel

Das Gespräch zu viert an Konrads Tisch erinnerte Viktor daran, wie er einmal mit seinem Vater versucht hatte, eine verhedderte Angelschnur zu entwirren.

Zunächst hatte Konrad per Telefon die aufgeregte Dame am Kassenhäuschen beruhigen müssen, die ihrerseits wiederum den Direktor darüber verständigt hatte, dass Viktor einfach mit dem Rad an ihr «vorbeigerast» war, wie sie es ausdrückte.

Konrad erklärte wiederum Viktor, wie es kam, dass Streuner noch lebte: dass jemand eine einstweilige Verfügung wegen Verstoßes gegen das Artenschutzgesetz erwirkt hatte. Streuner würde daher vorerst am Leben bleiben, bis ein Gerichtsurteil über die Klage gefällt war. Wer aber geklagt hatte, wusste auch er nicht zu sagen.

Dann erzählte Viktor, wie er das Parfüm von Ralf Borchart an seinem T-Shirt entdeckt hatte. Und dass er glaubte, Streuner hätte ihn deshalb neulich angegriffen. Konrad fand, dass sich das ziemlich plausibel anhörte.

Dann war endlich Sofia an der Reihe und machte ihrem Ärger darüber Luft, dass Viktor trotz aller Verbote schon wieder in den Wildpark gefahren war. Sie schien kurz davor, an ihrem Sohn zu verzweifeln.

Zu Viktors Überraschung war Konrad der Ansicht, dass sie das Hausverbot für ihn aufheben sollten. Er erklärte, Klara hätte ihre Lektion gelernt und sich entschuldigt, und sie dürfte jetzt wieder voll bei der Pflege der Tiere mithelfen.

«Stimmt's?», sagte er und nahm sie liebevoll in den Arm.

«Kommt nicht wieder vor», sagte Klara.

Konrad erklärte sich sogar bereit, beim Direktor für Viktor vorzusprechen, damit das Hausverbot zurückgenommen würde.

Doch Viktors Mutter ließ sich nicht umstimmen. Irgendwann sagte Viktor sogar: «Bitte, Mama!», aber auch das konnte sie nicht erweichen. Schließlich ließ sie sich doch zu einem Zugeständnis herab: Sie wollte mit seinem Lehrer, Herrn Bührer, reden und sich bei ihm nach Viktors Verhalten in der Schule erkundigen. Wenn sie eine positive Antwort erhielt, würde sie vielleicht noch einmal über die ganze Sache nachdenken.

Viktors Hoffnung schwand gegen null.

Am Abend hatte Viktor nur noch die Idee, sein Problem in einem Online-Forum zu schildern: «Hallo, der Wildpark, in dem ich aushelfe, hat einen Wolf aufgenommen und kann ihn nicht behalten. Er ist ein Jahr alt und kommt aus privater Haltung. Kann jemand helfen oder hat eine Idee? Vielen Dank, Viktor.»

Am nächsten Tag schaute Viktor in der Pause im Internetraum der Schule nach, ob ihm jemand geantwortet hatte. Unter seiner Frage gab es ein paar Kommentare von Forumsteilnehmern, die den Handel mit wilden Tieren verurteilten. Manche enthielten Kontaktadressen von regionalen Wolfsbüros und Naturschutzvereinen. Direkte Hilfe für Streuner bot jedoch niemand an.

In seinem Postfach gab es dafür eine andere Mitteilung: Ein «Google Alert», den er für den Namen Ralf Borchart angelegt hatte, hatte eine Nachricht aus dem Netz gefischt, worin der Name aufgetaucht war: Der Link verwies auf einen Bericht, den die Polizei über ihre Ermittlungen veröffentlicht hatte. Borchart, so hieß es darin, hatte den Wolf über die Website einer Organisation gekauft, die sich «Interessenverein für Artenschutz» nannte.

Es dauerte nicht lange, und Viktor hatte die Seite im Internet ausfindig gemacht. Ihr Titelbild zeigte ein prächtiges Foto einer Elefantenherde in der afrikanischen Savanne. Über einem Kästchen stand der Vermerk: «Private Seite». Bevor er weiterklicken konnte, musste Viktor ein Passwort eintragen.

Er versuchte, es zu erraten, aber nach einigen Fehlversuchen gab er auf. Er klickte schließlich im Impressum der Seite auf die Administrator-Adresse. Ein Mailformular öffnete sich. Viktor schrieb: «Hallo, ich möchte gerne eine Anzeige aufgeben. Wie lautet das Passwort?» Es dauerte nicht lange, bis eine Antwort in seinem Postfach auftauchte: «Haben Sie eine Referenz?»

Viktor überlegte. Er würde das Passwort nur erhalten, wenn er jemanden nennen konnte, der ihn empfahl. Er klickte den Antwort-Button an. Das Formular öffnete sich, und Viktor tippte einen Namen ein: «Ralf Borchart». Es war die einzige Idee, die er hatte. Der Mauszeiger zitterte über dem «Senden»-Befehl, doch Viktor zögerte. Etwas sagte ihm, dass dies nicht die beste Lösung war. Kurzentschlossen löschte er die Worte wieder, setzte neu an und tippte stattdessen: «Marco». Dann schickte er die Mail ab.

Nur wenige Sekunden später kam die nächste Mail in seinem Postfach an. Sie enthielt nur ein einziges Wort: «Tierliebe». Viktor tippte es in das leere Feld auf der Website ein.

Eine neue Seite öffnete sich, die ganz ähnlich aussah wie die von eBay – mit dem Unterschied, dass hier alle möglichen bedrohten Tiere zum Verkauf angeboten wurden: von Sing- und Greifvögeln über Reptilien bis hin zu Pumas und sogar einem Tiger! Viktor konnte kaum glauben, was er dort alles entdeckte. Je seltener die Tiere waren, desto höher war ihr Preis.

Er begriff auch, weshalb er bei seiner Suche die ganze Zeit zu keinem Ergebnis gekommen war: Für die Anzeigen hier gab es eine unverdächtige Sprache, die das Gegenteil von dem sagte, was sie eigentlich meinte: Wilderer hießen «Wildtierfreunde», wer seltene Vögel fing oder in Käfigen hielt, war ein «Vogelliebhaber», und wer illegal mit bedrohten Arten handelte, nannte sich «Artenschützer».

Viktor gab das Wort «Wolf» im Suchfeld ein. Die Seite baute sich neu auf. In einer Anzeige wurde ein sechs Wochen junger Wolfswelpe angeboten. Doch sie war bereits seit einem Jahr nicht mehr aktiv. Das Foto darin zeigte einen tapsigen Welpen, der kaum mehr war als ein Knäuel Fell.

Auf einmal kam Viktor ein furchtbarer Verdacht: War das Tier auf dem Foto etwa Streuner? Hatte er soeben das Welpenfoto entdeckt, mit dem Streuner damals zum Verkauf angeboten worden war?

Da bemerkte er, dass Herr Bührer ihm über die Schulter sah.

«Willst du dir einen neuen Wolf kaufen?», fragte der Lehrer.

«Nein, natürlich nicht», sagte Viktor.

Er deutete auf das Datum der Anzeige: «Ist längst inaktiv. Könnte sein, dass das Streuner ist.»

«Wirklich?» Herr Bührer beugte sich vor und hob seine Brille hoch, um besser zu sehen. «Wie hast du das denn gefunden?»

Viktor erzählte ihm von seiner Suche – von seinen Besuchen im Tierheim und bei Ralf Borchart, von dem zwielichtigen Tierhändler Marco, dessen Name er als Referenz angegeben hatte, und wie er schließlich das Passwort erhielt.

Gerade als er seine Zusammenfassung beendet hatte, läutete es, und er musste zurück zum Unterricht.

26.
Besuch

«Herr Körner spielt Lotto und gewinnt X Euro. Davon spendet er sieben Prozent für einen Kindergarten. Nachdem der Kindergarten Möbel und Spielzeug im Wert von 15 684 Euro angeschafft hat, sind von dem gespendeten Geld noch 432 Euro übrig. Wie viel Geld hat Herr Körner nach der Spende von seinem Lottogewinn noch auf dem Konto, wenn er außerdem 899 Euro für einen neuen Fernseher ausgegeben hat?»

Viktor saß über die Mathearbeit gebeugt und hatte das Gefühl, in seinem Kopf drehe sich ein Betonmischer. Sosehr er es auch versuchte, er konnte sich auf die Aufgabe nicht konzentrieren. Seine Gedanken schweiften immer wieder ab. Er dachte an Streuners Babyfoto und an all die anderen wilden Tiere, die auf der ganzen Welt verschoben wurden und ihr Leben in Gefangenschaft verbrachten.

Je länger die Stunde dauerte, desto unruhiger wurde Viktor. Was machte es für einen Sinn, dass er hier saß und auf ein Blatt Papier starrte? Er wollte bei Streuner sein. Jetzt mehr denn je. Jede Minute, die er mit ihm verpasste, war für immer verloren. Warum war das weniger wert als Mathe, Herr Körner und dessen Lottogewinn? Wer war überhaupt dieser Herr Körner?

Viktor schaute auf die Uhr. Die Zeiger rückten unendlich langsam vor. Es war die letzte Schulstunde des Tages. Noch nicht einmal die Hälfte war vorbei. Er musste sich entscheiden. Wer war ihm wichtiger – Herr Körner oder Streuner?

Er klappte sein Heft zu und gab es ab, ohne eine einzige Aufgabe gelöst zu haben. Dann verließ er die Schule, nahm sein Fahrrad und trat in die Pedale.

Der Himmel war bedeckt. Es sah aus, als ob es bald regnen würde. Vielleicht würde es ein Gewitter geben. Viktor hoffte es. Er mochte Gewitter, je heftiger, desto lieber. Und Sturm.

Es ging bergauf, sein Atem wurde angestrengter. Die Muskeln in seinen Beinen brannten. Wenn er seinen Körper spürte, ging es ihm besser.

Streuner schlief im Gras. Das nahende Gewitter schien ihn nicht zu stören. Viktor schaute zum Himmel. Ein hellblauer Strich war im Süden zu sehen. Die Wolken zogen weiter, und das Gewitter würde irgendwo anders niedergehen. Streuner hatte es die ganze Zeit schon gewusst.

Solange der Wolf noch schlief, beschloss Viktor, Klara zu suchen. Er hatte am Eingang ihr Rad gesehen und wusste daher, dass sie schon aus der Schule zurück war. Er fand sie bei den Rehen. Sie hatten ein Freigehege im Wald, das nur mit einer hölzernen Schwingtür gesichert war.

Klara war damit beschäftigt, die Futterstelle sauber zu machen. Er sah sie schon von weitem. Sie trug Shorts und ein weiß und blau geringeltes T-Shirt. Ihre Handgelenke steckten in Arbeitshandschuhen aus grobem Leder. Schuhe hatte sie keine an.

«Tut das nicht weh?», fragt Viktor, als er nur noch wenige Meter neben ihr stand.

«Was?», fragte sie. Sie schien gar nicht überrascht, ihn hier zu sehen.

«So barfuß. Mit den Nadeln und den Zweigen und Tannenzapfen und so.»

«Nein», erwiderte sie. «Mir nicht.»

Viktor nickte und sah sich um. Er wusste nicht recht weiter. Klara schaufelte mit ihren Handschuhen Laub und Nadeln aus dem Futtertrog in eine Schubkarre.

«Kann ich dir irgendwie helfen?», fragte Viktor.

«Kannst du eine Schubkarre schieben?»

«Klar», antwortete er.

«Gut», sagte sie, «ich bin gleich so weit. Als Nächstes sind die Damhirsche dran. Da drüben.»

Sie zeigte an ihm vorbei in Richtung eines Geländes mit Pinien und Fichten, auf dem mindestens 20 Hirsche herumstanden, ein paar davon mit Geweih.

«Warum hast du das eigentlich gemacht?», fragte Viktor. Es war die Frage, die ihn schon die ganze Zeit beschäftigte.

«Was?», fragte sie, ohne ihn anzusehen.

«Für mich zu lügen.»

«Dachte, du hast schon genug Ärger», erwiderte sie beiläufig.

«Trotzdem», sagte er. «Hättest du nicht tun müssen.»

«Habe ich aber.»

«Danke», sagte Viktor.

Ein weiß gepunktetes Reh kam an und knabberte mit den Lippen von hinten an Klaras Ohr. «He, weg da!», rief sie und verscheuchte es wie eine Fliege. Viktor musste lachen.

«Ich dachte, Rehe sind scheu», sagte er.

«Nicht bei mir», sagte sie.

«Vielleicht, weil du so süß bist», sagte Viktor. Sobald er den Satz ausgesprochen hatte, erschrak er. Er hatte keine Ahnung, woher er gekommen war. Insgeheim erwartete er schon, dass Klara ihm gleich den Rechen über den Schädel zog.

Stattdessen richtete sie sich auf, verkniff sich ein Grinsen und sah ihn schräg aus den Augenwinkeln an. Ihre Augen waren schwarz, und die Brauen bildeten eine klare Linie, die irgendwie entschlossen aussah.

Viktor begann, hektisch zu stammeln: «Es war nur wegen dem Reh, weil es dich so angeknabbert hat, und ich dachte, vielleicht mögen sie ja Süßes, also Zucker, so wie Pferde, und …»

«Ach ja?», unterbrach ihn Klara.

«Na ja, und auch sonst», hörte er sich sagen.

«So, so», sagte Klara und streifte ihre Handschuhe ab. «In denen kriege ich immer Schweißhände.» Plötzlich schien sie verlegen. «Keine Ahnung, wieso ich das grade gesagt habe», fügte sie an und schüttelte den Kopf über sich selbst.

«Schon okay», erwiderte Viktor.

«Ja?», fragte Klara. Viktor bemerkte ein paar rote Flecken auf ihren Wangen und wusste nicht, ob sie von der Anstrengung kamen oder ob Klara aus Verlegenheit rot geworden war. Sie reichte ihm ihre Arbeitshandschuhe: «Hier, kannst du haben. Für die Schubkarre.»

Viktor fand zwar nicht, dass er Handschuhe brauchte, um eine Schubkarre zu schieben, aber er nahm sie trotzdem, weil sie von Klara kamen. Er zog sie an, und innen drin waren sie warm und ein wenig feucht.

Als Viktor zu Streuner zurückkam, wartete vor dem Gehege jemand, mit dem er hier am allerwenigsten gerechnet hätte: Es war sein Klassenlehrer Herr Bührer. Viktor brauchte einige Augenblicke, um das Gesicht einzuordnen, so falsch erschien es ihm hier. Herr Bührer war wohl gekommen, um ihn persönlich abzuholen.

«Hallo, Viktor!»

«Ich komme nicht mit», sagte Viktor mit entschlossener Miene.

Er hielt Sicherheitsabstand, weil er fürchtete, Herr Bührer, der auch Sport unterrichtete, würde ihn mit seinen dicken Turnerarmen packen und nicht mehr loslassen, bis er ihn zurück ins Klassenzimmer gezerrt hatte.

«Das ist er also», sagte Herr Bührer.

«Wer?» Viktor war so durcheinander, dass er zuerst nicht wusste, wovon der Lehrer sprach.

«Streuner. Dein Wolf.»

Streuner war wieder damit beschäftigt, am Zaun entlangzutraben, wahrscheinlich, weil der unbekannte Besucher ihn neugierig machte.

«Er ist nicht mein Wolf.»

Herr Bührer machte einen Schritt auf das Gehege zu. «Wie nahe kann ich rangehen?»

«Ich würde einen Meter Abstand halten, für alle Fälle», sagte Viktor. «Außerdem wird er sonst nervös.»

«Gut.» Herr Bührer blieb stehen. Er trug weiße Turnschuhe, die noch neu aussahen. Der Wolf trabte weiter an ihnen vorbei, ohne sein Tempo zu verlangsamen. Im Vorbeigehen hielt er den Kopf etwas länger auf den Lehrer gerichtet, um ihn zu beobachten.

«Was passiert jetzt mit ihm?»

«Ist noch nicht klar. Jemand hat eine einstige … was weiß ich … beim Gericht gemacht. Dann wird man sehen.»

«Eine einstweilige Verfügung?», fragte Herr Bührer.

«Kann sein.» Viktor stellte sich neben ihn. Beide schauten jetzt auf den Wolf. Ihre Köpfe bewegten sich, als verfolgten sie ein Tennismatch.

«Was frisst er hier eigentlich so?»

«Alles Mögliche», antwortete Viktor. «Das Fleisch kommt überall her. Manchmal spenden Bauern tote Kühe oder Pferde. Oder ein Metzger hat was übrig. Wenn ein Tier überfahren wird, bringt es manchmal die Polizei vorbei. Es gibt auch einen Stall mit Kaninchen, das sind sowieso zu viele. Was es eben gerade gibt.»

«Lebend?», fragte er.

«Nein. Habe ich zumindest noch nicht gesehen. Aber selbst wenn.»

Herr Bührer nickte. Dann machte er ein ernstes Gesicht: «Deine Mutter war heute Morgen bei mir.»

«So?», fragte Viktor, der nichts Gutes erwartete.

«Wir haben uns lange unterhalten, fast eine Dreiviertelstunde.»

Oje, dachte Viktor.

«Ich habe ihr gesagt, dass ich dein Engagement für den Wolf sehr bewundere.»

Viktor glaubte, sich verhört zu haben.

«Dein Vortrag in der Schule neulich und dein Aufruf, dem Wolf zu helfen. Das war sehr eindrucksvoll.»

Der Wolf war in einiger Entfernung stehen geblieben. Er sah jetzt mit offenem Maul herüber, seine Zunge hing heraus. «Wenn kein Gitter zwischen uns wäre, würde ich mir jetzt Sorgen machen», sagte Herr Bührer.

«Sie müssen sich keine Sorgen machen. Er fragt sich wahrscheinlich nur, was wir hier so treiben. Am besten man achtet auf die Ohren und auf die Rute. Nur wenn sie aufgerichtet sind, hat man etwas zu befürchten. Sie sind die Drohsignale. Aber Wölfe greifen Menschen normalerweise nicht an.»

«Also kann ich ihm die Hand hinstrecken, und er schnuppert daran und leckt sie ab wie ein Hund?»

«Würde ich nicht machen. Es ist sein Territorium, und es kann sein, dass er es verteidigen will. Aber es ist dann defensive Aggression, mit angelegten Ohren.»

«Du weißt ja wirklich eine Menge über Wölfe.»

Viktor zuckte die Schultern. «Habe ich nur gelesen.»

Herr Bührer schien überrascht. «Du hast Bücher gelesen?»

«Klar.»

«Und was macht man, wenn ein Wolf aggressiv ist?»

«Erst mal muss man verstehen, dass er nur droht. Dann weicht man am besten zurück, und man schaut weg. Und dann macht man irgendwas, als ob man unauffällig tut. Sich am Kopf kratzen oder so. Dann denken sie, es ist alles nicht so wichtig.»

«Verstehe.» Herr Bührer kratzte sich jetzt wirklich am Kopf.

Viktor wunderte sich über dieses Gespräch. Die Situation war genau umgekehrt als in der Schule: Hier wusste Viktor über alles Bescheid.

«Meine Mutter sagt, dass ich nicht mehr hierherkommen darf.»

Herr Bührer sah ihn an: «Hat sie mir erzählt.» Er machte eine Pause. «Aber ich habe sie vom Gegenteil überzeugen können.»

Schon wieder zweifelte Viktor an seinem Gehör.

«Wirklich?»

«Ja. Ich bin der Meinung, dass es im Leben nicht so oft vorkommt, dass man sich für etwas so interessiert wie du für deinen Wolf. Dass man sich begeistert, Feuer und Flamme ist, verstehst du? Dass man für etwas brennt! Und dass man bereit ist, dafür zu kämpfen und etwas zu riskieren, und sogar Strafen in Kauf nimmt. Leute, die so etwas wagen, gibt es viel zu wenige! Wenn es mehr davon gäbe, wäre die Welt ein besserer Ort. Ich habe deiner Mutter gesagt, dass ich das für viel wertvoller halte als ein paar Stunden verpasster Unterricht. Ich habe mit dem Direktor gesprochen, und ich bin sicher, dass wir eine Regelung finden. Den Stoff kannst du immer nachholen. Und wenn es ganz schlimm kommt, machst du das Schuljahr eben noch mal. Das ist auch kein Beinbruch. Aber das hier, das ist schon eine große Sache. Das bedeutet wirklich etwas!»

Viktor war von den Worten des Lehrers so berührt, dass er schlucken musste. Diese kurze Rede war das Letzte, was er von Herrn Bührer erwartet hätte. Er hatte überhaupt noch nie einen Erwachsenen so reden gehört, nicht Konrad und nicht seine Mutter. Und dabei dachte er, dass er die ganze Welt gegen sich aufbrachte. Nun bekam er ausgerechnet von seinem Klassenlehrer Unterstützung.

«Gut», fügte Herr Bührer an. «Den Rest wird deine Mutter dir schon selbst erzählen.»

«Okay», sagte Viktor. Er war immer noch ganz durcheinander.

«Na dann», sagte Herr Bührer. «Ich wollte nur mal deinen Wolf kennenlernen. Hier ist sowieso nur Personal erlaubt.»

Und damit ging er davon, ohne sich noch mal umzudrehen.

Viktor sah ihm nach.

«Danke!», rief er dem Lehrer hinterher, und Streuner zuckte kurz mit den Ohren.

27.
Angst

Als der Park um 19 Uhr schloss, blieb Viktor einfach neben Streuners Gehege sitzen. Auf seiner Jeans entdeckte er ein paar Härchen, und als ihm klarwurde, dass sie noch aus dem Fell des Wolfs stammten, zupfte er sie ab und sammelte sie in seiner Hand. Er wusste, dass es Zeit war zu gehen, aber er konnte sich nicht von dem Wolf losreißen.

Immer noch wunderte er sich über den unerwarteten Besuch seines Lehrers. Als er ihn neben dem Gehege sah, hatte Viktor einen Moment lang solche Angst gehabt, dass er fast davongelaufen wäre. Doch dann kam alles ganz anders.

Viktor überlegte: War es zwischen Streuner und ihm nicht sogar ähnlich? Erwartete der Wolf nicht automatisch, schlecht behandelt zu werden? Konnte Viktor nicht auch Streuners Erwartungen umkehren? Sein Vertrauen gewinnen?

Zum Beispiel war er Streuner bisher immer nur tagsüber begegnet. Der Grund dafür war klar: Er fühlte sich bei Tag sicherer als bei Nacht. Menschen orientierten sich nun mal hauptsächlich mit den Augen und konnten nachts viel schlechter sehen. Wölfe dagegen orientierten sich nach dem Geruch und nach dem Gehör. Sie waren nachts überlegen. Wenn Viktor wollte, dass der Wolf ihm vertraute, wäre es vielleicht ein erster Schritt, dass er ihm nachts begegnete statt tagsüber.

Klara kam vorbei. Sie hatte ihren Feierabendstapel bunter Eimer dabei.

«Habe ich mir fast gedacht», sagte sie.

«Was?»

«Dass du noch hier bist.»

«Schmeißt du mich jetzt raus?», fragte Viktor.

«Stört es dich, wenn ich ein bisschen neben dir sitze?», fragte Klara zurück.

Viktor schüttelte den Kopf. Sie stellte die Eimer zur Seite.

«Musst du nicht nach Hause?», fragte sie, als sie Platz genommen hatte.

«Eigentlich schon», antwortete Viktor.

«Aber?»

«Ich glaube, ich will über Nacht bei Streuner bleiben.»

Klara nickte. «Vergiss nicht, deine Mutter anzurufen», sagte sie schließlich.

Viktor verzog den Mundwinkel. «Hast wohl recht», meinte er widerstrebend.

«Wo ist eigentlich dein Vater?», fragte Klara plötzlich.

Viktor schluckte. Er heftete seinen Blick auf Streuner, als könnte er sich an ihm festhalten. Irgendwie fielen ihm keine passenden Worte ein, um Klaras Frage zu beantworten. Darüber, dass sein Vater tot war, sprach er mit niemandem als mit seiner Mutter.

«Und deine Mutter?», fragte er nach einer Weile zurück.

«Weg», antwortete Klara kurz.

«Für immer?»

«Ja», sagte Klara. «Und …»

«Auch», sagte Viktor. Er wusste, was sie ihn fragen wollte.

«Tut mir leid.»

«Schon okay.»

Eine Weile saßen sie still nebeneinander.

«Hast du eigentlich keine Angst?», fragte Klara schließlich, ohne ihn dabei anzusehen.

«Wovor?»

«Na ja, vor der Dunkelheit zum Beispiel.»

Viktor erinnerte sich daran, wie er sich früher aus Pappkartons eine stockfinstere Höhle gebaut hatte, in die kein Lichtstrahl drang. Manchmal hatte er sich tagsüber unter der Bettdecke verkrochen. Im Dunkeln war die Welt friedlicher. «Nein», sagte er, «eigentlich nicht. Und du?»

«Schon ein bisschen», gab Klara zu.

Er lächelte sie an, und während er das tat, legte er seine Hand kurz auf ihr Knie, und dann zog er sie wieder weg. Sein Herz schlug so stark, dass er es spürte. Ihre Haut hatte sich warm und weich angefühlt und gleichzeitig fest und irgendwie sogar ein bisschen rau. Plötzlich schien jeder einzelne Nerv in seiner Handfläche zu brennen, als hätte er sie aus Versehen auf eine Herdplatte gelegt.

Klara lehnte sich nach hinten und stützte sich auf ihre Hände auf. Dann rückte sie etwas näher und lachte ihn dabei an. Sie sah fremd und vertraut zugleich aus, und überrascht stellte er fest, dass er auch vor ihr keine Angst mehr hatte.

Es war Nacht. Und der Junge saß immer noch da! Die Luft wehte seinen Geruch herüber, den der Wolf nach der Betäubung auch in seinem Fell bemerkt hatte. Was hatte das zu bedeuten?

Schon einmal hatte dieser Junge nachts seine Nähe gesucht, und es war nicht gutgegangen. Doch diesmal war er ruhiger als neulich. Auch hatte er, soweit Streuner erkennen konnte, keine Waffe bei sich: keine Leine, kein Blasrohr und kein Gewehr. Dennoch: Sicher konnte er sich nicht fühlen. Die Zweibeiner waren heimtückisch. Sie verbargen Dinge in Taschen oder unter der Kleidung. Sie versteckten Köder in Fallen, oder sie lockten ihn mit Futter an. Wenn er sich dann auf sie einließ, kehrte sich ihr Verhalten plötzlich um, und sie packten ihn oder fügten ihm Schmerzen zu.

Oder sie töteten. Wie damals, bei der großen Explosion.

Der Junge bewegte sich nicht.

Er saß nur da.

Was wollte er?

28.
Vertrauen

Viktor erwachte am nächsten Morgen vor dem Gehege. Er war mit einer Wolldecke zugedeckt. Neben ihm stand eine Thermoskanne mit Tee. Daneben lag ein Briefumschlag, auf dem mit Filzstift sein Name geschrieben war. Er nahm ein gefaltetes Blatt heraus, auf dem ein gemütliches rotes Haus mit einem Schild gemalt war: «Pension Klara. Frühstück jederzeit.» Viktor musste grinsen, trank einen Schluck Tee, klemmte die Wolldecke unter den Arm und schlurfte müde hinüber zu dem Ziegelsteinhaus.

Als er in den Garten kam, war auf dem Picknicktisch ein üppiges Frühstücksbuffet zubereitet. Noch größer war seine Überraschung, als er dort nicht nur Konrad und Klara, sondern auch seine Mutter sitzen sah.

«Ich habe hier auf dem Sofa geschlafen», beeilte sie sich zu sagen. «Ich wollte sicher sein, dass du okay bist.»

Viktor sah zu Klara hinüber, die nur mit den Schultern zuckte. Er ließ die Wolldecke einfach fallen und ging ins Haus. Er wusste, wo das Bad war. Nachdem er sich das Gesicht gewaschen hatte, ging er wieder hinaus, setzte sich stumm an den Tisch, nahm ein Croissant und bestrich es mit Marmelade.

Beim Frühstück herrschte angespanntes Schweigen. Etwas war anders als sonst, auch wenn Viktor nicht genau sagen konnte, was. Alle schienen sich irgendwie unwohl zu fühlen.

Anschließend fuhr seine Mutter Viktor mit dem Auto nach Hause.

Während der Fahrt erzählte sie ihm von ihrem Treffen mit Herrn Bührer und dass Viktor zunächst für eine Woche «außerordentlich vom Unterricht freigestellt» war. Das hieß, dass Viktor eine Woche lang nicht in die Schule musste! Er konnte so viel Zeit bei Streuner verbringen, wie er wollte!

«Falls ich nicht in der Nähe bin, wendest du dich mit allen Fragen an Konrad. Er wird sich auch abends um dich kümmern, okay? Sieh zu, dass du nachts nicht frierst. Nimm dir eine warme Unterlage. Putz dir die Zähne, bevor du dich schlafen legst. Und so weiter und so fort. Klar? – Sorry, Mamasorgen», fügte sie an und wuschelte ihm durchs filzige Haar.

‹Falls ich nicht in der Nähe bin?›, dachte Viktor. Was hatte das nun schon wieder zu bedeuten? Hieß das, dass seine Mutter vorhatte, in Zukunft ihre Zeit ebenfalls im Wildpark zu verbringen? Würde sie wieder «auf dem Sofa» schlafen?

«Du kannst bei Streuner bleiben, wenn du magst», redete seine Mutter weiter, als konnte sie seine Gedanken lesen. «Aber ich muss dich ganz einfach jeden Tag sehen. Sonst werde ich verrückt.»

«Okay», murmelte Viktor und sah weiter aus dem Fenster.

Sie fuhren unter der Autobahn hindurch.

«Ich dich vielleicht auch», ergänzte er nach einer Pause, und zwischen beiden flog ein Lächeln hin und her.

Die zweite Nacht im Wildpark verlief zunächst nicht anders als die erste, außer dass Viktor besser ausgerüstet war. Von Konrad bekam er eine Isomatte, und er lieh sich ein Kissen, das er unter seinen Kopf schob. Außerdem wickelte er sich in einen warmen Schlafsack ein.

Der Himmel war klar, und manchmal blinkte hoch oben ein Flugzeug. Viktor erinnerte sich daran, wie er auf den Dächern des alten Güterbahnhofs gelegen und dort die Flugzeuge betrachtet hatte. Er atmete die kühle Luft ein und drehte sich auf die Seite.

Streuners Verhalten zeigte keine Veränderung. Der Wolf lag wie am Vortag im Gras, hob manchmal den Kopf und betrachtete ihn skeptisch aus der Distanz. Alles ging viel zu langsam. Vielleicht erwartete Viktor auch zu viel. Er bräuchte Wochen oder sogar Monate, um Streuners Vertrauen zu gewinnen. Es war zum Verzweifeln!

Viktor fasste einen Entschluss. Er kroch aus seinem Schlafsack, zog die Isomatte direkt neben das Gehege, sodass sie die Stäbe berührte, und legte sich der Länge nach direkt neben das Gitter.

Mit diesem Manöver hatte er zumindest Streuners Aufmerksamkeit gewonnen: Der Wolf setzte sich auf seine Hinterbeine, streckte den Hals in seine Richtung und schnupperte, dass seine Nasenspitze wackelte. Viktor spürte eine Brise an der Schläfe, und daran, wie kühl sie ihm vorkam, merkte er, dass er schwitzte. Jetzt hatte er doch ein wenig Angst.

Er hatte erlebt, wie schnell Streuner angreifen konnte. Sofort begann die Stelle an seinem Arm zu jucken. Den Verband war er inzwischen losgeworden. Das Gitter schützte ihn zwar, doch der Abstand zwischen den Stäben war auf jeden Fall groß genug, dass der Wolf seine schmale Schnauze hindurchstecken und ihn beißen konnte, wenn er wollte.

Er behielt Streuner weiter im Blick. Doch es dauerte nicht lange, und er wurde müde. Er versuchte, die Augen offen zu halten, doch sein Bewusstsein driftete davon. Wohlig warmes Wasser schwappte durch ihn hindurch. Seine Haut wurde durchlässig, und er löste sich in einem angenehmen Strom auf. Seine Augen fielen zu, und der Strom trug ihn davon.

Nichts von dem, was der Junge tat, ergab für Streuner irgendeinen Sinn. Weder brachte er ihm Futter, noch schien er etwas Bestimmtes von ihm zu wollen. Er lag nur da, am Zaun seines Geheges, und schlief.

Als der Junge sich im Schlaf umdrehte, fiel sein Unterarm durch die Gitterstäbe. Sein Handrücken lag schlaff auf der Erde, die Handfläche zeigte nach oben. Beunruhigt nahm Streuner wahr, dass der Arm in sein Revier ragte.

Vorsichtig setzte er eine Pfote vor die andere und schlich sich an. Zwischendurch horchte er auf Viktors Atem, um sich zu vergewissern, dass der Junge weiterhin schlief. Dann schlich er weiter vorwärts, geduckt und geräuschlos, den Blick fest auf die offen daliegende Hand geheftet. Zuletzt legten sich unwillkürlich seine Ohren an, und sein Fell stellte sich auf.

Für Streuner waren die Hände von Menschen ein einziges großes Rätsel. Manchmal brachten sie Futter und manchmal Schmerzen. Als er klein war, gruben sie sich zärtlich in sein Fell, und er erinnerte sich, dass er dabei glücklich war. Damals hatte er ihre Nähe gesucht und hatte sogar zugelassen, dass die Finger seinen Bauch kraulten, wo er sich weich und verwundbar fühlte.

Je älter er wurde, desto mehr lernte er, sie zu fürchten. Wenn Menschen über ihm thronten und von oben herab mit lauter Stimme sprachen, waren ihre Hände die Werkzeuge, mit denen sie ihn bestraften. Oder sie hielten andere Werkzeuge fest, wie die Leine oder eine Holzlatte, die ihm noch mehr weh taten.

Kaum schnupperte er neugierig an der Hand des Jungen, zog er den Kopf mit einem Reflex wieder zurück. Streuner hatte Angst. Er wollte fliehen. Und dennoch gab es noch einen zweiten, noch stärkeren Wunsch: die Sehnsucht nach einem anderen Lebewesen in seiner Nähe. Er hielt inne, und als die Hand sich nicht bewegte, näherte er sich ihr erneut vorsichtig an.

Streuner mochte ihren milden Geruch. Nach einer Weile

hatte der Arm in seinem Revier den ersten Schrecken verloren. Der Wolf fand die Nähe des Jungen sogar angenehm. Er strahlte Wärme ab. Zum ersten Mal seit langem hatte er nächtliche Gesellschaft. Als er den kleinen Finger neugierig mit seiner Schnauze berührte, zuckte die Hand ein wenig. Doch Streuner wich nicht mehr zurück. Er fühlte sich ein kleines bisschen weniger allein.

Als Viktor aufwachte, erschrak er. Sein Unterarm ragte ins Innere des Geheges, und Streuner lag direkt daneben! Viktors erster Impuls war, den Arm schnell aus dem Käfig zurückzuziehen, doch das wäre wahrscheinlich ein Fehler gewesen. Egal wie schnell er war, der Wolf wäre sicher schneller. Er nahm sich zusammen und bewegte nur seine Augen.

Er sah, dass Streuner wach war: Der Wolf hatte die Vorderpfoten ausgestreckt. Er sah Viktor aus misstrauischen Augen an, deren Farbe ihn an Honig erinnerte, an Bernstein oder daran, wie er nachts in fremde Wohnungen geblickt hatte, in denen Licht brannte.

«Guten Morgen, Streuner», sagte Viktor leise. «Das ist ja schön, dass du dich zu mir gelegt hast. Und ich hab's nicht mal gemerkt. Hast du gut geschlafen?»

Streuner blinzelte fragend.

Mit sanfter Stimme fuhr Viktor fort, mit dem Wolf zu reden: «Wie bitte? Ach so, ja, klar, danke, dass du fragst. Ich habe auch gut geschlafen. Ich habe nicht mal mitgekriegt, wie du dich zu mir gelegt hast.»

Während er sprach, bewegte er langsam seine Hand. Sofort hob Streuner den Kopf, aber weder sprang er auf, noch machte er sonst eine Bewegung. Nur sein Schwanz schlug hin und her.

«Du brauchst keine Angst zu haben», sagte Viktor. «Siehst du? Ich habe auch keine.» Er hatte nicht vergessen, dass der Wolf ihn schon einmal gebissen hatte. Aber er wusste inzwischen auch, dass es seine Schuld gewesen war und nicht Streuners. Streuner hatte nur getan, was er tun musste, um sich selbst zu schützen. Jetzt gab es für den Wolf keine Gefahr. Wie konnte Viktor ihm am besten zeigen, dass er es diesmal gut mit ihm meinte?

Langsam schob Viktor seine Hand weiter in Streuners Richtung. Er achtete darauf, sie nicht höher als unbedingt nötig vom Boden anzuheben. Auch näherte er sich mit der Rückseite der Finger zuerst. Streuner begann leise zu knurren, und sein Fell stellte sich auf. Viktor zog die Hand wieder etwas zurück. Erst als das Knurren nachließ, wanderte sie etwas weiter auf Streuner zu. Und schließlich war sie nahe genug, um die Haarspitzen an der Schulter des Wolfs zu berühren.

Viktor spürte, wie Streuner vor der Berührung zurückwich. Der Wolf verlagerte sein Gewicht und spannte die Muskeln an, ohne jedoch aufzustehen. Er hielt die Berührung aus. Viktor strich mit einem Finger über das Fell, nahm ihn weg und setzte zu einem neuen Strich an, diesmal etwas fester und länger. Der Wolf konnte jederzeit zuschnappen, doch etwas sagte Viktor, dass das nicht passieren würde. Nicht dieses Mal.

Streuner hielt still, so schwer es ihm fiel. Die Stimme des Jungen, die zu ihm sprach, beruhigte ihn. Die Hand näherte sich ohne ein feindliches Zeichen. Zuerst hatte er sich noch kleiner gemacht und war ihr instinktiv ausgewichen. Doch nach und nach gab er diese Vorsichtsmaßnahme auf. Ein vergessenes Gefühl stieg in ihm auf: Er fühlte sich nicht nur beruhigt, nicht nur besänftigt, sondern akzeptiert. Und vielleicht sogar gemocht.

Gleichzeitig musste er all seine Reflexe unterdrücken und seine Erfahrungen beiseiteschieben, um dem neuen Gefühl Raum zu geben. Er musste korrigieren, was er gelernt hatte. Seine Einsamkeit und seine Bitterkeit waren nicht einfach verschwunden. Aber etwas Neues war dazugekommen.

Die Angst, die er vor Viktor wie vor allen anderen Menschen spürte, hatte ihn nicht mehr im Griff. Sie quälte ihn nicht mehr. Nicht alle Menschen waren gleich. Das war es, was er gerade begriff.

Viktor hatte den Wolf nicht gezähmt, aber er hatte ihm seine Freundschaft angeboten. Und Streuner war zumindest bereit, über das Angebot nachzudenken. Er lernte zu unterscheiden: zwischen falschen und ehrlichen Menschen, zwischen solchen, die es gut mit ihm meinten, und solchen, die ihm Böses wollten. Zwischen Feinden und Freunden. Mit dieser neuen Fähigkeit gewann der Wolf an Freiheit dazu, anstatt sie aufzugeben.

Als sich Viktor am dritten Abend nach dem Abendessen an dieselbe Stelle vor das Gehege hockte, streckte er den Arm wieder durch das Gitter. Streuner lief sofort darauf zu und leckte seine Hand. Die raue Zunge kitzelte und fühlte sich an wie Sandpapier.

Viktor musste lachen, und ohne dass er darauf gefasst

war, traten Tränen in seine Augen. Er wusste nicht, woher sie kamen. Mit einer Hand berührte er den Wolf, während er sich mit der anderen das Gesicht abwischte. Am Himmel standen Sterne, und er roch das Gras und die Erde. Er hatte das merkwürdige Gefühl, als erwachte er aus einem langen Schlaf.

Auf einmal gab Streuner ein leises Geräusch von sich, das sich anhörte, als ob er wimmerte. Es war ein erstickter, fast kläglicher Ton. Das Wimmern brach ab, und der Wolf machte ein würgendes Geräusch, als steckte etwas in seiner Kehle fest. Kurz befürchtete Viktor, Streuner würde sich übergeben.

Dann schluckte der Wolf, als hätte sich das Hindernis gelöst.

Er reckte die Schnauze zum Himmel, und heraus drang ein kümmerliches Heulen, das mehrmals abbrach und so qualvoll klang, dass Viktor erschauderte. Die Aussetzer hörten sich an wie ein Wackelkontakt.

Nach einigen Anläufen stimmte Viktor mit ein. Beim ersten Versuch stieß er einen anhaltenden Sirenenton aus, der einen Fliegerangriff anzukündigen schien. Dann hielten auch Streuners Töne immer länger und ausdauernder an. Viktors wurden wolfsähnlicher, und schließlich heulten Viktor und Streuner gemeinsam im Chor, sodass es im ganzen Wildpark und sogar darüber hinaus zu hören war.

29.
Marco

Je besser Viktor sich mit Streuner anfreundete, desto banger wartete er auf die Entscheidung des Gerichts über die einstweilige Verfügung. Wie sich zu Viktors großer Überraschung herausstellte, war es sein Klassenlehrer Herr Bührer gewesen, der den Gerichtsbeschluss erwirkt hatte, welcher Streuner vorübergehend das Leben rettete. Viktors Rede vor der Klasse hatte den Lehrer zu diesem Schritt bewegt. Doch noch war das endgültige Urteil nicht gefallen. Wurde der Einspruch abgelehnt, gab es für Streuner keine Rettung mehr.

Was die Nähe zu dem Wolf betraf, blieb Viktor vorsichtig. So leichtfertig wie in jener verhängnisvollen Nacht würde er nicht noch einmal Streuners Käfigtüren öffnen. Er blieb nun außerhalb von dessen Umzäunung. Nicht weil seine Mutter oder Konrad es verlangten, sondern weil er dazugelernt hatte.

Es war Mittag, Konrad kam angerannt, und das Ganze erinnerte Viktor an den Galopp eines Nilpferds. Sonst bewegte sich der Tierpfleger eher langsam, und sein Körper wogte mit sachtem Tritt durch den Park. Jetzt flogen seine Beine im Laufschritt über den Boden, und sein Vollbart wippte im Rhythmus.

«Viktor!», rief er und winkte, sobald er in Rufweite war. «Du wirst es nicht glauben!»

«Was ist?», fragte Viktor, als der Tierpfleger schnaufend neben ihm zum Stehen kam.

«Wir haben ...» – Konrad schnaufte – «ein neues ...» – er schnaufte wieder – «Zuhause für Streuner gefunden. Einen Wolfspark in ... Spanien! Eine bessere Nachricht habe ich ... seit Wochen nicht gehört!», jubelte er.

«Wirklich?» Viktor konnte die gute Neuigkeit kaum glauben.

«Ein Tierhändler hat sich gemeldet. Beim Direktor. Er hat angeboten, Streuner zu vermitteln. Das heißt, er ist gerettet! Gerettet! Was ist, freust du dich nicht?», fügte er an, als er Viktors Miene sah.

«Ein Tierhändler?», fragte Viktor mit mulmigem Gefühl. «Wer ist er?»

Streuner erkannte den Geruch des Mannes, noch bevor er überhaupt aus dem Wagen stieg. Den Geruch von saurem Schweiß und Tabak. Die Tür des Transporters schlug zu, und auch dieses Geräusch erkannte Streuner wieder. Dies war der Mann, der seinen Eltern den Tod gebracht hatte. Dies war der Mann, mit dem Streuners Leidensgeschichte begann.

Mit dem Geruch kam auch die Erinnerung zurück.

Die winzigen Welpen wussten nicht, was geschah, aber sie verstanden, dass es etwas Schlimmes war. Die große Explosion, das Knallen der Gewehre ließen daran keinen Zweifel. Sie stolperten in der Höhle tollpatschig übereinander. Sie drückten sich ganz hinten gegen die Wand, und sie verbargen ihre Gesichter. Nachdem das Gewehr schwieg, hörten sie über sich ein Scharren. Jemand begann zu graben. Erde rieselte herab, die Decke stürzte ein, und ein helles Loch öffnete sich über ihnen. Das Licht, das von draußen hereinstrahlte, blendete sie grell und unbekannt.

Da machte der Wolf zum ersten Mal die Bekanntschaft mit einer menschlichen Hand. Der Hand dieses Mannes. Sie griff von oben herab in die Höhle, packte die Welpen grob im Nacken und hob sie nacheinander hinaus ins Freie. Dort steckte sie alle vier Geschwister in einen Käfig.

Und jetzt überquerte derselbe Mann den Parkplatz des Wildparks.

Viktor sah sofort, dass mit Streuner etwas nicht stimmte: Sein ganzer Körper versteifte sich, sein Schwanz stellte sich senkrecht auf, und seine Lippen zogen sich in Falten nach oben. Ein tiefes Knurren stieg aus seiner Kehle. Er wich rückwärts ins Innere des Käfigs zurück, wo er in Deckung ging.

Kurz darauf kam Konrad in Begleitung eines Mannes zu dem Gehege, den er Viktor und Klara als Tierhändler «mit allerbestem Ruf» vorstellte. Sein Name war Marius Draxler. Der Händler hatte Wind davon bekommen, dass der Wildpark Streuner abgeben wollte. Und dann, so sagte er, wollte er sofort helfen.

Der Mann reichte Viktor eine ölige Hand, deren Finger zudrückten, ohne dass sich dabei sonst ein Körperteil regte. Er hatte dicke Lippen, verfärbte Zähne, und aus seiner Mitte quoll ein Bauch, sodass seine Gürtelschnalle zu den Fußspitzen zeigte. Als niemand hinsah, wischte Viktor die Hand unauffällig an seinen Jeans ab, um den Schmierfilm loszuwerden.

Der Tierhändler beschrieb in blumigen Worten, was für ein Paradies Streuner in dem spanischen Wolfspark erwartete. Er erklärte, wie glücklich es ihn selbst machte, einen Wolf – «diese wunderbaren Tiere» – retten und ihm eine Zukunft geben zu können. Und der Tierpark in Spanien suchte angeblich genau nach einem Tier wie Streuner, das noch jung und anpassungsfähig wäre, um sein Rudel europäischer Wölfe zu ergänzen, in dem gerade zwei ältere Tiere gestorben waren.

«Na, wenn das kein Glücksfall ist», sagte Konrad. Sein Strahlen wurde während der überschwänglichen Rede des Händlers immer breiter. Er strich aufgeregt über seinen Bart und sah Viktor dabei erwartungsvoll an, als wartete er auf dessen Bestätigung. Klara warf Viktor einen fragenden Blick zu.

Viktor wiederum beobachtete Streuner, und das Verhalten des Wolfs sprach eine eindeutige Sprache: Streuner kannte diesen Mann, daran gab es keinen Zweifel. Und er fürchtete ihn. Dafür gab es nur eine einleuchtende Erklärung: Der Tierhändler, den Konrad ihm als Marius Draxler vorgestellt hatte, war niemand anders als Marco! Er war der Mann, der Streuner als Welpe an Ralf Borchart verkauft hatte.

Was sollte Viktor jetzt tun? Wenn er Einspruch gegen das Geschäft erhob, würde ihm erstens niemand glauben, und zweitens würde Marco einfach alles abstreiten. Und selbst wenn der Verkauf dann platzte, wäre für Streuner nichts gewonnen.

Der Handel wurde schnell abgewickelt. Viktor musste mit ansehen, wie Streuner von Marco mit einem Gewehr betäubt und bewusstlos in einen kleinen, stählernen Käfig verfrachtet wurde, der Viktor gerade bis zum Kinn reichte. Konrad verlud den Käfig mit einem Gabelstapler in den Transporter des Tierhändlers, den dieser inzwischen auf das Gelände gefahren hatte. Dann schlug der Händler die blechernen Türen der Ladefläche zu.

Marcos Handy klingelte. Um in Ruhe zu telefonieren, zog er sich hinter die Bambushecke zurück. Viktor weihte Klara in seinen Verdacht ein. Auch sie hatte sich über Streuners merkwürdiges Benehmen gewundert, aber sie hatte einfach geglaubt, dass der Wolf irgendetwas Unbestimmtes ahnte und deshalb nervös war. Sofort ging sie zu ihrem Vater und versuchte, Konrad im Flüsterton, aber dennoch nicht minder eindringlich davon zu überzeugen, Streuner nicht an diesen Händler zu verkaufen. Viktor pflichtete ihr bei.

Doch Konrad war verärgert darüber, dass die beiden Kinder den Handel verhindern wollten. Und das, wo gerade die bestmögliche Lösung für Streuner gefunden worden war! Abgesehen davon hatte nicht Konrad, sondern der Direktor das Geschäft eingefädelt, und die Papiere waren längst unterzeichnet. Konrad war nur damit beauftragt, die Übergabe von Streuner abzuwickeln. Selbst wenn er wollte, könnte er das Geschäft nicht rückgängig machen.

«Also, Schluss jetzt!», sagte er barsch, und damit ließ er die Kinder stehen.

Fieberhaft überlegte Viktor, was er noch unternehmen konnte. Niemand beobachtete ihn und Klara. Konrad war schon damit beschäftigt, das leere Gehege aufzuräumen, und Marco war immer noch außer Sichtweite. Kurzentschlossen lief Viktor zu dem Transporter, öffnete die Heckklappe und kroch hinein. Von drinnen zog er die Klappe wieder hinter sich zu. Klara hatte ihn schon einmal gedeckt. Er glaubte nicht, dass sie ihn diesmal verraten würde.

Es dauerte nur ein paar Sekunden, bis die Klappe sich erneut öffnete. Also hatte ihn doch jemand gesehen. Alles war vorbei! Doch dann tauchte in dem hellen Rechteck Klara auf und kletterte ebenfalls in den Laderaum.

«Was machst du?», flüsterte Viktor.

«Was machst *du*?», flüsterte Klara zurück.

Der Laderaum hatte keine Fenster. Eine eingebaute Sperrholzplatte schirmte ihn von der Fahrerkabine ab. Die Platte reichte allerdings nicht ganz bis unters Dach, sodass durch einen Spalt ein klein wenig Licht hereinfiel. Streuner lag im Käfig bewusstlos auf der Seite. Sein Fell sah zerzaust aus. Viktor streckte eine Hand durch das Gitter und strich ein paarmal darüber. «Hab keine Angst, Streuner», sagte er sanft. «Wir sind bei dir.»

Im vorderen Drittel der Ladefläche lag aller mögliche Kram herum: Plastikplanen, Farbeimer, Pinsel und Spachtel, Umzugsgurte, ein paar Tücher und Decken, mit Gips verkleckerte Arbeitsschuhe, ein Sack Dünger.

«Hier!», sagte Klara und zog ein Stück schwarzer Leinwand aus der Mitte des Stapels hervor. Wahrscheinlich war es dazu da, über Käfige mit gefangenen Tieren gebreitet zu werden. Gemeinsam falteten sie es wie ein großes Tischtuch auseinander und krochen darunter. Wenn sie Glück hatten und es dunkel genug war, würde der Tierhändler sie beim Ausladen inmitten des Gerümpels vielleicht übersehen.

Unter der Decke roch es wie in einem feuchten Keller.

Viktor und Klara rückten dicht aneinander, sodass das Tuch auf allen Seiten bis auf den Boden fiel. Als der Motor startete, nahm Viktor Klaras Hand.

30.
Wilderer

Die Fahrt dauerte nur wenig mehr als eine halbe Stunde. Die ganze Strecke über hielten sich Viktor und Klara aneinander fest.

Klaras Hand fühlte sich warm und fest und trocken an. Wenn Marco vorne schaltete oder der Motor heulte, wurde ihr Druck stärker und ließ dann wieder nach. Manchmal strich Viktor mit dem Daumen über Klaras Handrücken. Einmal, als ihre Hände fast auseinanderglitten, fasste er nach, und Klara erwiderte den Druck.

Der Transporter fuhr durch einen kleinen Graben. Er bog wohl von der Straße auf einen Weg ein, der nicht befestigt war. Kies knirschte unter den Rädern, und Viktor und Klara schwankten hinten hin und her, dass ihre Köpfe fast gegeneinanderstießen. Manchmal tauchte ein Rad in Schrittgeschwindigkeit in ein Schlagloch ab und dann wieder auf.

Dann ging der Motor aus. Marco zog die Handbremse an. Die Fahrertür ging auf und knallte wieder zu. Eine Zeitlang war es still. Viktor hielt die Luft an, und seine Hand verkrampfte sich.

«Du drückst mir das Blut ab», flüsterte Klara.

«Sorry», erwiderte Viktor und lockerte seinen Griff.

Draußen hörten sie Schritte.

«Hast du ihn?», fragte eine heisere Stimme. Tabakgeruch wehte herein.

«Und ob ich ihn habe. Fünfhundert Euro Schutzgebühr bar an den Direktor, du verstehst? Dabei ist der locker fünftausend wert. Eins-a-Ware.» Die Stimme von Marco klang triumphierend.

«Verstehe, verstehe.» Der zweite Mann räusperte sich und lachte hohl, bevor er fortfuhr: «Was ist, wenn die in Spanien nachfragen, ob die Ware da angekommen ist?»

«Die sind doch froh, dass sie das Vieh los sind. Hauptsache, die sehen irgendein Papier, damit sie sich im Zweifelsfall rausreden können. Keine weiteren Fragen. Du verstehst?»

«Und wenn sie doch mitkriegen, dass er da nie angekommen ist?»

«Mach dir nicht so viele Sorgen, Mann! Dann ist eben beim Transport irgendwas schiefgegangen. Er ist krank geworden, plötzlich verstorben, du verstehst? Kann alles passieren.»

«Schläft er noch?», fragte die Stimme jetzt.

«Ich habe ihm eine ordentliche Dosis verpasst. Der ist noch eine Weile k. o.»

«Packen wir ihn trotzdem gleich um, solange er uns keinen Ärger macht. Ich kümmere mich drum, Marco.»

Klara stieß Viktor bei der Nennung des Namens vielsagend an. Kurz darauf öffneten sich die Heckklappen des Transporters. Unbeweglich kauerten sie in ihrem Versteck. Ein Dieselmotor sprang an. Ein piependes Warnsignal verkündete, dass der Fahrer rückwärtsfuhr. Viktor legte sich flach auf den Boden, schob eine Hand unter das Tuch und hob es ein paar Zentimeter an. Klara legte sich hinter ihn, und ihr Bauch drückte gegen seinen Rücken.

Durch den Schlitz beobachteten sie, wie ein Pick-up-Truck rückwärts an die Ladefläche heranfuhr. Er hatte eine Seilwinde auf die Ladefläche montiert. Es gab eine kleine Erschütterung, als sich die Stoßstangen der beiden Fahrzeuge berührten. Der Fahrer sprang aus der Kabine. Schnell zog Viktor seinen Finger wieder zurück. Mit einem großen Schritt, der den Wagen schwanken ließ, betrat der Mann den Stauraum des Transporters.

Weder Viktor noch Klara wagten zu atmen. Klara umklammerte von hinten Viktors Brustkorb, sie drückten ihre Körper gegeneinander und machten sich so klein wie möglich. Schritte hallten direkt vor ihren Köpfen, und Viktor hatte Angst, dass der Mann womöglich auf sie treten könnte.

Die Schritte entfernten sich, und wie Viktor einem kurzen Schwanken entnehmen konnte, sprang der Mann nun über die Stoßstangen hinweg direkt hinüber auf den Truck. Die Seilwinde begann zu summen, und wenig später schwebte Streuners Käfig an einem Kranhaken über dem Boden. Langsam fuhr der Truck vorwärts und hob den Käfig hinaus ins Freie. Dann schlugen die Türen des Transporters wieder zu.

Klara zog das Tuch von ihren Köpfen.

«Was machen wir jetzt?», flüsterte sie. «Hast du ein Handy?»

«Nein, du?»

Sie schüttelte den Kopf und rieb sich mit beiden Händen über ihre Oberarme.

«Ist dir kalt?», fragte Viktor.

«Ein bisschen», antwortete Klara.

Er nahm ihre Hände und rieb sie, bis sie warm wurden.
«Danke. Besser», sagte Klara.
«Aufhören?», fragte er.
«Festhalten», antwortete sie.

Sie warteten, bis es draußen still wurde. Bestimmt wurden sie im Wildpark bereits vermisst. Aber wie sollten ihre Eltern sie finden? Nicht einmal sie selbst wussten, wo sie waren.

Schließlich entriegelte Viktor vorsichtig von innen die Heckklappen des Transporters und drückte einen der beiden Türflügel auf. Draußen sah es aus, als wären sie auf einem abgelegenen Waldgrundstück gelandet. In der Mitte stand ein altes, ziemlich heruntergekommenes Wohnhaus. An einigen Stellen war der Putz nur notdürftig mit Gips ausgebessert und nicht wieder überstrichen worden. Auf dem Grundstück wuchs Unkraut, und überall lag Schrott herum. Eine Palette mit Steinen war zur Hälfte mit einer Plastikplane abgedeckt. In einem Sandhaufen steckte eine Schaufel. Auf einer Fläche neben der Einfahrt waren leere Tierkäfige in verschiedenen Größen übereinandergestapelt.

Weder Viktor noch Klara waren dann aber auf den Anblick gefasst, der sich ihnen hinter dem Haus bot: In Käfigen waren einheimische Tiere jeder erdenklichen Art eingesperrt: Es gab Eulen und Habichte, Fasane, Dachse und Füchse. Alles, was der Wald hergab, war hier gefangen. Dabei war es totenstill. Keines der Tiere machte ein Geräusch, alle blickten nur sorgenvoll.

Viktor und Klara gingen zu der Stelle, wo der Truck mit

dem Kranaufbau geparkt war. Sie kamen zu einem Gehege, das aussah wie ein Hundezwinger.

«Streuner!», rief Viktor und eilte auf den Wolf zu.

Streuner war inzwischen aus der Betäubung aufgewacht. Er erkannte alles wieder, jeden Geruch und jedes Geräusch. Den Käfig. Die beiden Wilderer. Er roch Tabak und sauren Schweiß.

Dies war der Käfig, der damals, vor einem Jahr, auch sein erster gewesen war, nachdem die Männer seine Eltern getötet und ihn gefangen genommen hatten. Er teilte sich den Platz damals mit seinen Geschwistern, bis sie nach und nach, eines nach dem anderen, verschwanden. Er war der Letzte von ihnen, der noch übrig war und der dann, wie sie vor ihm, einen Zweibeiner als Besitzer bekam. Auch an sie dachte Streuner zurück, als er den Hof wiedererkannte. Wo mochten sie jetzt sein? In was für Käfigen lebten sie?

Nur schwach nahm er noch etwas anderes wahr: Es war der Geruch des Jungen, mit dem er sich zuletzt angefreundet hatte. Doch der Geruch war so vage, dass Streuner nicht glaubte, dass er wirklich hier war. Vielleicht lag nur ein Kleidungsstück von ihm irgendwo herum.

Doch diesmal hatte Streuner sich getäuscht.

31.
Abrechnung

Als Streuner Viktors Stimme hörte, sprang er aufgeregt am Gitter hoch. Viktor streckte die Hände hindurch, und der Wolf stellte sich auf die Hinterbeine und legte seine Vorderpfoten durch die Metallstäbe hindurch auf Viktors Schultern. Gleichzeitig leckte er dessen Gesicht mit seiner rauen Zunge ab.

«Igitt! Stopp! Halt!», rief Viktor lachend, obwohl ihn die stürmische Begrüßung zugleich freute. Auch Klara musste lachen. Streuners Begeisterung war nicht zu bremsen. Viktor kraulte ihn mit beiden Händen und grub die Finger in sein Fell. Wenn Viktor zupackte, warf Streuner seinen Kopf hin und her und begann dann von neuem, über dessen Gesicht zu lecken.

«Viktor!» Klara deutete auf die Tür des Käfigs. Im Schloss steckte ein einzelner Schlüssel ohne Anhänger.

«He!», rief plötzlich eine Stimme, gefolgt von einem kurzen Husten. Scheinwerfer gingen an und tauchten das Gelände in Licht. Viktor und Klara fuhren herum.

«Was macht ihr da?» Der Mann schnippte seine Zigarette weg und kam mit schnellen Schritten auf sie zu. Sein Gesicht war ungewöhnlich rot, und an manchen Stellen sah man blaue Äderchen wie Risse. Auf einem Oberarm war die Tinte einer Tätowierung zu einem einzigen großen Fleck zerlaufen.

Klara und Viktor standen regungslos an ihrem Platz. Auf

einmal hatte Viktor eine Idee: Geistesgegenwärtig wandte er sich zu Streuner um und drehte den Schlüssel des Käfigs. Die Tür sprang auf.

Das Tempo, mit dem Streuner seinen Angriff ausführte, verblüffte selbst Viktor. In Lichtgeschwindigkeit jagte der Wolf heraus, machte einen Satz und sprang den Mann mit solcher Wucht an, dass der nach hinten umfiel und der Länge nach auf den Boden schlug. Einen Moment lang versuchte er, wieder aufzustehen, doch Streuner hielt sein offenes Maul direkt über dessen entblößte Kehle – bereit, jeden Moment zuzuschnappen. Der Wilderer blickte entsetzt in Streuners Rachen, während der Wolf mit den Vorderpfoten auf dessen Brustkorb stand und die Zähne bleckte.

«Ab in den Käfig!», befahl Klara entschlossen. Viktor sah sie erstaunt an.

«Wie denn?», fragte der Mann mit Panik in der Stimme.

«Wie ein Mistkäfer natürlich», sagte sie.

In Zeitlupe drehte der Mann sich auf den Bauch und kroch von dort auf allen vieren zu Streuners Zwinger hinüber. Sobald er in dem Käfig war, warf Klara die Tür zu und schloss sie ab. Den Schlüssel steckte sie ein.

Streuner saß knurrend daneben, entblößte seine Zähne und schnappte durch das Gitter immer wieder nach dem Wilderer, der sich in der Mitte des Käfigs so klein wie möglich machte.

«Jetzt Marco», sagte Viktor.

32. Freiheit

Die Terrassentür des Hauses stand offen. Viktor und Klara betraten das Haus. Im Erdgeschoss war alles ruhig. Vorsichtig stiegen sie über die Treppe nach oben.

Dort dauerte es nicht lange, bis sie Marco ausfindig machten. Er lag auf dem Rücken, trug eine Schlafmaske über den Augen und Kopfhörer auf den Ohren. Kein Wunder, dass er von nichts etwas mitbekam. Es war unmöglich zu sagen, ob er wach war oder schlief.

Sein Handy lag neben ihm auf dem Nachttisch. Bevor Viktor reagieren konnte, hatte sich Klara schon herangeschlichen und es sich geschnappt. Langsam zogen die beiden sich wieder zurück. Als sie wieder unten waren, rief Klara mit Marcos Handy die Polizei. Sobald sie aufgelegt hatte, nahm Viktor ihre Hand: «Komm mit!»

Draußen war Streuner nirgends zu sehen. Viktor schaltete die Scheinwerfer aus, sodass die Terrasse wieder im Dunkeln lag. Ein heller Mond streute Licht über das Gelände mit den gefangenen Tieren. Immer noch hielt Viktor Klaras Hand fest und führte sie in Richtung Wald.

«Ich habe ein bisschen Angst», flüsterte Klara.

«Keine Sorge», sagte Viktor. «Ich bin sicher, wir werden bewacht.»

Das Grundstück endete nicht weit von den ersten Bäumen. Es brauchte nur wenige Schritte, und Viktor und Klara standen zwischen mächtigen Buchen. Noch ein paar

Schritte, und die Wildnis verschluckte sie. Das Haus war nicht mehr zu sehen. Eine Weile standen sie still und warteten. Etwas bewegte sich. Ein Schatten. Streuner trat hinter einem Baum hervor.

Viktor ging in die Knie. Klara blieb hinter ihm, während Streuner auf sie zugelaufen kam. Er begrüßte Viktor auf Wolfsart, indem er wieder seine Vorderpfoten auf Viktors Schultern legte und dessen Gesicht ableckte. Viktor kniff seine Augen und seine Lippen zusammen. Er lachte, während er mit dem Wolf einen spielerischen Ringkampf vollführte, und Klara lachte mit.

Dann ließ Streuner von ihm ab und begann, übermütig um ihn und Klara herumzuspringen. Anschließend wartete er auf sie und ließ sie so nahe herankommen, dass sie ihn fast schon berührten, nur um dann plötzlich mit einem Buckel zur Seite davonzuhüpfen. Dann wieder ging er langsam voraus, blieb stehen und wandte sich um, als fragte er, wo sie blieben. Viktor und Klara folgten ihm ein paar Schritte, was den Wolf dazu brachte, ein paar Schritte weiter zu gehen.

Er zeigte ihnen seine Welt.

Plötzlich machte Streuner ein paar schnelle Schritte in Richtung des Dickichts. Weder Viktor noch Klara versuchten diesmal, ihm zu folgen. Sie wussten beide, was das zu bedeuten hatte.

Noch einmal blieb Streuner stehen und wandte sich zu ihnen um. Er zögerte. Dann, wie mit einem Ruck, drehte er sich weg, trabte los, tauchte in das Unterholz ein und verschwand.

33.
Sommer

Die Polizei nahm Marco und seinen Helfer wegen Wilderei und illegalem Tierhandel fest. Konrad und Viktors Mutter kamen wenig später zu dem Waldgrundstück. Wie sich herausstellte, hatten beide gemeinsam in Sorge um ihre Kinder furchtbare Stunden verbracht.

Dann tauchte die Frage auf, was mit all den Tieren in den Käfigen geschehen sollte. Entweder man konnte sie alle in Gefangenschaft behalten und versuchen, sie in Zoos oder Wildparks unterzubringen. Oder – und das hielt auch Konrad für die bessere Idee – man ließ sie wieder frei.

Nacheinander ließen Viktor, Klara, Sofia und Konrad alle Tiere aus ihren Käfigen: Zuerst schwangen sich die Habichte und die Uhus in die Luft und verschwanden am Horizont. Die Füchse sprangen mit weiten Sätzen aus den Zwingern und rannten davon, bis sie im Wald verschwunden waren, wo sie hingehörten. Zu guter Letzt wackelten auch die Fasane und Dachse davon. Alle Käfige waren leer.

Die Welt änderte sich für Viktor. Die Rettung von Streuner und der Rückhalt von Herrn Bührer gaben ihm in der Schule neues Selbstvertrauen. Er hatte keine Angst mehr vor Buchstaben, Zahlen und Klassenarbeiten. Und erst recht nicht vor seinen Mitschülern, vor Ronnie, Tom und schon gar nicht vor Jessica.

Seine Mutter und Konrad verstanden sich immer besser.

Seine Mutter kam weiterhin regelmäßig im Ziegelsteinhaus vorbei, und Konrad besuchte sie inzwischen auch manchmal in der Bahnhofstraße. So fand Viktor heraus, dass Konrad sich nach dem Duschen seinen Bart föhnte.

Irgendwann bemerkte Viktor ein Lachen im Gesicht seiner Mutter, wie er es seit dem Tod seines Vaters nicht mehr gesehen hatte. Es war ein Lachen, das sagte, dass es in ihrem Leben eine Zukunft gab, die gar nicht so schlecht war.

In seiner freien Zeit half Viktor weiter im Wildpark. Es kam mehr als einmal vor, dass Besucher ihn dabei auf Streuner ansprachen, weil sie die ganze Geschichte aus der Zeitung kannten. Dort hatte es ausführliche Berichte über Viktors und Klaras mutigen Einsatz gegeben. Es gab ein Bild von ihnen, das sie im Wildpark zeigte und auf dem das Sumatra-Huhn frech den Kopf ins Bild reckte. Zu den Besuchern sagte Viktor, dass er nicht wusste, was aus dem Wolf geworden wäre. Aber er wäre überzeugt, dass es ihm gutginge.

Der Sommer wurde heiß, und Klaras Füße wurden noch brauner als vorher. Viktor wich nicht von ihrer Seite, und auch Klara wollte am liebsten jede Minute mit ihm verbringen. Wann immer es ging, versorgten sie die Tiere im Park gemeinsam. Nur beim Stinktier wechselten sie sich ab.

34.
Wald

Der Wolf lief durch Wälder, wanderte über Hügel und durch Täler. Er überwand Schluchten, überquerte Wiesen, schwamm durch Seen und trabte über flaches Land, bis er in den nächsten Wald kam.

Er watete durch Bäche, sprang über umgefallene Baumstämme und landete in weichem Moos. Er folgte einem Fluss, bis er in eine wilde Landschaft kam, die mit Buchen, Tannen und Fichten bewachsen war. Dort erklomm er einen Fels und heulte, wie er es jeden Abend tat. Und endlich ertönte ein anderes Heulen als Antwort. Er heulte wieder. In der Sprache der Wölfe teilte er mit, dass er eine neue Heimat suchte. Ein Zuhause und eine Familie.

Mit der ersten Morgendämmerung erhob er sich von seinem Schlafplatz. Er nahm Witterung auf. Sein Fell sträubte sich. Ein großer, fremder Wolf trat aus dem Schutz eines Baumes auf die Lichtung, stand in respektvollem Abstand da und betrachtete ihn.

Ein zweiter Wolf tauchte auf, dann ein dritter, und dann waren es vier, fünf, sechs, die sich aus den Schatten der Bäume lösten. Sie hegten friedliche Absichten, gingen langsam auf den Einzelgänger zu und beschnupperten ihn. Nach einer Weile entschieden sie sich, ihn in ihr Rudel aufzunehmen. Er war wieder ein Wolf unter Wölfen.

Sie liefen los, und er schloss sich ihnen an. Er hatte gefunden, wonach er so lange gesucht hatte. Sein neues Rudel würde ihm alles beibringen, was er für die Zukunft wissen musste. Sie würden gemeinsam jagen und ihre Beute miteinander teilen. Sie würden gemeinsam fressen und schlafen. Und vielleicht würden sie sogar irgendwann gemeinsam neue Welpen großziehen.

Er sah die Sonne, er spürte den Wind, und er roch die Wolken.

Er folgte dem Mond, und er hörte seinen Atem.

Er lief, und er war am Leben.

Nachwort

Viele Hinweise für dieses Buch verdanke ich Forschern, die mit Wölfen gelebt und darüber geschrieben haben, allen voran Shaun Ellis und Werner Freund. Ganz besonders danke ich Jos de Bruin und seiner Wolf-Auffangstation in Sonsbeck für die Möglichkeit, dort lebenden Wölfen zu begegnen (www.wolf-auffang.de). Gleiches gilt für den Naturwildpark Granat in Haltern (www.naturwildpark.de).

Wichtige literarische Einflüsse waren der Roman «Ein Sommer mit Wölfen» von Farley Mowat und die Erzählungen von Jack London, vor allem «Wolfsblut» und «Der Ruf der Wildnis». Ich bedanke mich bei Marten Rosenow, der die Geschichte in einem frühen Stadium kritisch gelesen und kommentiert hat. Außerdem danke ich dem Rowohlt Verlag und dort in erster Linie Christiane Steen für ihre Unterstützung von den Anfängen bis zum fertigen Buch.

MIX
Papier aus verantwortungsvollen Quellen
FSC® C083411

Das für dieses Buch verwendete Papier ist FSC®-zertifiziert.